John
ジョン

エマニュエル・ブルディエ
訳・平岡 敦

ジョン

JOHN
by Emmanuel Bourdier
Cover illustration by Thomas Baas

Japanese translation published by arrangement with
Editions Flammarion through The English Agency (Japan) Ltd.

イラストレーション／トマ・バアス
ブックデザイン／城所潤+大谷浩介（ジュン・キドコロ・デザイン）

イギリス、リヴァプール、
一九五〇年代の初め。
そして子供時代が終わるころ。

第1章

「想像《イマジン》して！」

それは魔法《まほう》の言葉。その言葉を口にするとき、ママの目に小さな光が宿る。花火が打ちあがる合図だ。ほどいた赤毛がさっと肩《かた》にかかる。今朝は化粧《けしょう》をしてない。いつもは寝《ね》る前にも、ばっちりメイクを決めてるんだけど。そうすりゃ起き抜《ぬ》けから、美人でいられるから。でも、今日はだめだった。右目の下が、青く染まっているだけだ。

ママは芝居《しばい》じみた作り声をした。ぼくはその声を聞くと、ホイップクリームの雲に乗ったような気分になる。ずっと昔からさ。

「イマジン、ジョニー！　わたしたちは今、ロンドンのロイヤル・アルバート・ホールにいるの。客席は超満員《ちょう》。観客たちは開演を、今や遅《おそ》しと待っている。足を踏《ふ》み鳴らし、ビロード張りのシートに噛《か》みつかんばかりになって。みんながしびれを切らし、ホールに唸《うな》り声が響《ひび》き始めたとき、突然《とつぜん》明かりが消える。観衆は歓喜《かんき》に湧《わ》きあがる。鮮《あざ》やかな赤いスポットライトに照らされ、わたしが舞台《ぶたい》にあらわれる」

そう言うが早いか、ママは足をそろえてぴょんとソファに飛びのった。そこにはぼくがパンに塗《ぬ》ったマーマレードをたらしてつけた染《し》みがまだ残っていた。ママはぼくに背をむけ、今度はひげを生やした司会者の声色《こわいろ》をつかった。今日は誰《だれ》になるんだろう？　ああ、早く知りたくてたまらない。

「さあ、紳士淑女《しんししゅくじょ》のみなさま、たいへん長らくお待たせしました。今宵《こよい》ご紹介《しょうかい》するは、みなさまおなじみの人気者、ケイ・スター（アメリカの女性ジャズ歌手）です！」

やったぞ！　ケイ・スターだって！　ぼくはアメリカのジャズが大好きなんだ！　ママはくるっとこっちをふりむき、表情を変えて『ママに毎晩会わなくちゃ《ユーヴ・ゴッタ・シー・ママ・エヴリ・ナイト》』を歌い始めた。

「ママに毎晩会わなくちゃ。

でないと会えなくなっちゃうわ。
ママにキスしてあげなくちゃ。
ママを大事にしなくては。
でないといくら電話をしても、わたしは家にいないわよ」

ちょっと喉《のど》がひりつくような歌詞だったけれど、ママはますますすっとんきょうな声をあげた。そして目をむきながらお尻《しり》をふり始めるものだから、ぼくは思わずぷっと吹《ふ》き出した。つられてママも笑い出す。

歌が終わると、ぼくは手首の関節がはずれるほど拍手《はくしゅ》した。なにしろぼくひとりで、八千人ぶんの歓声《かんせい》をあげなきゃいけないからね。ひとりで大観衆を演じなくては。ママはスカートがずり落ちそうだとでもいうように体をよじった。ぼくが口笛を吹《ふ》いて投げつけたクッションを、ママは足で蹴《け》り返した。それから、ご静粛《せいしゅく》にと片手をあげた。八千人の観客が一瞬《いっしゅん》で静まり、ママの口もとを見つめた。

「さて、みなさま、今夜はサプライズゲストをお迎《むか》えしています。盛大な拍手《はくしゅ》をお願いします。唯《ゆい》一無二《いつむに》の偉大《いだい》なるサッチモ、ルイ・アームストロング（アメリカの黒人ジャズトランペッター、歌手）です！」

少し陽《ひ》にあたっただけで真っ赤になってしまうぼくの白い肌《はだ》が、まるで魔法《まほう》みたいに黒くなった。ローテーブルにのっていたパン切りナイフは、きらきら輝《かがや》くトランペットに変わり、ぼくの短い半ズボンはタキシードに変わる。今度はぼくがソファに飛びのる番だ。ソファは不機嫌《ふきげん》そうにきしんだ。ほっぺたを膨《ふく》らませ、思いきり力をこめる。ぼくが『ばら色の人生《ラ・ヴィ・アン・ローズ》』を吹《ふ》くと、ママはテーブルのうえに立ち、ひとりでワルツを踊《おど》り始めた。それはずっと続いたけれど、やっぱりぼくにはもの足りなかった。

いつだってぼくにはもの足りないんだ。

そんなばら色の人生《ラ・ヴィ・アン・ローズ》が終わると、ぼくは息も絶え絶えだった。両手を左右にぴんと伸《の》ばし、ばったり倒《たお》れこむ。はい、一巻の終わり。ママはそれを見るとひざまずき、馬鹿みたいに泣きまねをした。ケイ・スターのまねよりへたくそだな。まるでストリントン・アヴェニューの救急車のサイレンだ。ママはぼくを生き返らせようと、おへそに息を吹《ふ》きこみ始めた。とそのとき、玄関《げんかん》のドアがばたんとあいて、ぼくたちは飛びあがった。

ミミ伯母《おば》さんが戸口から、こっちを見つめていた。

口もとには笑《え》みが浮《う》かんでいる。でも、目はぜんぜん笑っていなかった。じとっとした暗い目。なんとか明るい声で話そうとしているけど、やっぱりうまくいってない。まるで不気味な音を立ててあく霊柩車《れいきゅうしゃ》のドアだ。

「あら、まあ、お取りこみのさいちゅうだったみたいね……」

そんな作り笑いも、ぼくの手もとに目がとまると跡形《あとかた》もなくなった。

「ナイフを置いてちょうだい。怪我《けが》でもしたら大変だわ」

ぼくは腰《こし》をおろし、目をぱちぱちさせた。まるで魔法《まほう》みたいに、すべてが消え去った。さらば、ロイヤル・アルバート・ホール、熱狂《ねっきょう》する大観衆、赤いシート、金色の天井《てんじょう》。こうしてぼくたちは、灰色の部屋に戻《もど》ってきた。穴だらけのクッションのうえ、陰気《いんき》な光の下に。トランペットを見やると、もとのナイフに戻《もど》っていた。ぼくはしぶしぶそれをテーブルに置き、眼鏡《めがね》をかけなおした。ミミの顔が、いきなりくっきりと浮《う》かびあがる。あまりにくっきりと。ぼくは眼鏡《めがね》をはずし、ポケットにしまった。ソファに腰《こし》かけた憧《あこが》れの女歌手は、まだ息を切らせながら髪《かみ》の毛をなおした。そしてあわてて立ちあがり、ミミに駆《か》け寄りキスをした。

「まあ、姉さん、今日はとってもきれいね」

「わたしはいつだってきれいよ。違《ちが》う?」

「そうよね。いつかみんなも気づいてくれるわ」

ミミは一瞬《いっしゅん》、ためらうように言葉を詰《つ》まらせ、くすっと笑った。妹のジュリアをすばやく抱《だ》きしめる。ジュリアは小さなキッチンを迷いがちに見やった。ゆでたキャベツの匂《にお》いが、まだここまで漂《ただよ》っている。

「お茶でもどう?」

「いいえ。すぐに行くわ」

「ああ、よかった。じつは昨日、使いきっちゃったのよね。今度、もうひと箱持ってきてくれる?」

「いいわよ。床《ゆか》を掃除《そうじ》する洗剤《せんざい》も持ってくるわ。どうやら、それも足りないみたいだから」

「じゃあお願い。シチューに混ぜてもいいかもね」

ぼくはぷっと吹《ふ》き出した。ミミはぼくをにらみつけ、手を差し出した。

「さあ、ジョン、荷物を持って。帰るわよ。ジョージ伯父《おじ》さんが夕食を待ちかねてるわ」

そのとき、ミミが来てから初めて、ママはちょっと震《ふる》えて真剣《しんけん》そうな声を出した。

「姉さん……もう少しここにおいてあげてはいけない？　あと何日か。そうしたら……」

「だめよ。その話はもうしたじゃない、ジュディ」

ぼくはうまくママの脇《わき》に体を滑《すべ》りこませ、手を取った。ジュリアの手は湿《しめ》っていて温かかった。

「ねえ、一度でいいから。お願い」とぼくはたのんだ。

「だめと言ったらだめ。行くわよ。バスに乗り遅《おく》れるわ」

頬《ほお》がかっと熱くなるのがわかった。もう我慢《がまん》できない。ぼくはクッションをつかんでわめいた。

「いつも、だめばっかり。それしか言えないの、壊《こわ》れたレコードみたいにさ。たまには別のことも言ってみろよ。そうすりゃみんな、大喜びなのに」

ぼくはクッションを部屋の隅《すみ》に放り投げた。クッションがぶつかって青い花瓶《かびん》が床《ゆか》に落ち、粉々《こなごな》に砕《くだ》けた。熱いフライパンにステーキ肉をのせたような音がした。小気味のいい音だ。真実の音。

でもジュリアは、そんな音や光景など気にも留めず、ぼくの前にひざまずき、両手でぼくの顔をとった。ママの息を鼻先に感じた。それはきっと、魔法《まほう》の息だったんだろう。だってかちかちに突《つ》っ張っていたぼくの筋肉が、ほんの数秒でマシュマロみたいに柔《やわ》らかくなってしまったのだから。

「ほらほら、サッチモくん、そんな顔しないで。ひと息つきたくなったら、またすぐ来られるんだから」

ママは両の瞼《まぶた》にキスをして立ちあがると、ぼくにバッグを手渡《てわた》した。ぼくはミミのほうへ歩き出した。ミミはもうドアをあけ、手を差し出して待っている。でもぼくは、それを無視して通りすぎた。そして眉《まゆ》をしかめ、拳《こぶし》を握《にぎ》りしめて外に出た。

ミミは妹と少し話して、ぼくの脇《わき》に立った。並んで歩く途中《とちゅう》、ぼくはいきなり立ち止まった。ミミはどうしたのかとふり返り、両手の拳《こぶし》を腰《こし》にあてた。

「まだ、なにか？」

「どうしてここで暮らせないのさ？」

「その話は、もう何回もしたでしょ。おんなじ質問を、蒸《む》し返さないでちょうだい」

「ぼくのせいじゃない。蒸《む》し風呂《ぶろ》にでも入ってたんだろ、その質問は」

ミミは大笑いした。ぼくもにっこりした。もう少し拗《す》ねていたかったけれど、まあいいか。ぼくはにっこりした。そんなもんだ。

ミミはつかつかと戻《もど》ってきて、つらそうな表情でぼくを見おろした。しわの一本一本までが悲しげだった。

「あの二人は、もうおまえを愛していないのよ」

ものすごいじゃないか、ただの言葉に原子爆弾《ばくだん》なみの破壊力《はかいりょく》があるなんて。だから言葉が好きなんだ。だからぼくは詩人になろうとしてる。今世紀最大の詩人に。

言葉を、もっと言葉を。逃《に》げ去るための言葉、たてなおすための言葉、すべてをぶち壊《こわ》すための言葉。

愛するための言葉。

愛されるための言葉。

つまりはそこさ。

ミミは心底悲しそうに笑った。さっき嗅《か》いだ煮《に》キャベツの匂《にお》いと同じくらい、ぼくには心地《ここち》よい笑《え》みだった。暗い歩道に霧《きり》がたち始めた。明日になれば、また戦う元気が戻《もど》ってくる。バスに遅《おく》れるわけにいかないし、ジョージ伯父《おじ》さんも待っている。だからぼくは手をミミに預けた。ミミの手は冷たく、乾《かわ》いていた。

歩き始める前、最後にもう一度うしろをふり返った。

ぼくのうちじゃない家で、ケイ・スターはひとり、またソファの舞台《ぶたい》にあがり、大声で歌っている。今度は木のヘラを、マイク代わりにしているかも。
ママはいつでも想像力《イマジネーション》にあふれてるから。

第2章

ぼくはコーカスレースを始めようと、ナイジェルを待っていた。そんな表現を思いついたのはぼくじゃない。愛読書の一冊『不思議の国のアリス』から見つけてきたんだ。あの本、もう七回は読んでいる。ところどころ、暗記しているくらいさ。それが授業中、頭のなかで、ぐるぐるまわり始めることもある。洗濯物《せんたくもの》を干したり、ミミの手伝いでキッチンの片づけをしているときにも、ふと浮《う》かんでくる。本から拾い出したそんな言葉を、ぼくは大声で歌い出す。ミミが嫌《いや》がるので……ますます声を張りあげる。

ぼくが始めるコーカスレースは、『アリス』のなかでドードー鳥が催《もよお》すレースとはなんの関係もないけれどね。ぼくたちのレースには、ネズミもアヒルも出てこない。大事なのはバス。バスのバンパーに飛び乗って、どちらがより遠くまで片足で立ったまま、しがみついていられるかっていうゲームだ。先に足をついたほうが負けで、勝ったほうは好きなだけ相手のケツに蹴《け》りを入れられる。ナイジェルは友だちだ。ダヴディル小学校に入ったときから、ずっと仲良くしている。一、二度喧嘩《けんか》をしたけれど、すぐにいい友だちになった。ミミはあいつのことが、あんまり好きじゃないみたいだけれど。変わり者だって思ってるんだ。それに不潔だって。まあ、ミミからすればリヴァプールの住人は、みんな変わり者で不潔だってことになるけれど。《労働者階級《ワーキングクラス》の連中》ってミミは言ってる。《ハギス》（羊の内臓を羊の胃袋《いぶくろ》に詰《つ》めたもの。スコットランドの伝統料理）って言うときと同じように顔をしかめて。伯母《おば》さんはハギスがあんまり好きじゃないから。

ミミ伯母《おば》さんは、自分がなにをどうしたいのか、わかっていないんだ。ぼくがずっと本を読んでいると、目がつぶれちゃうわよなんて文句を言う。なのにぼくが絵を描《か》いていると（しょっちゅう、そうしてるからね）、読書をしたほうがいいって、居間の本棚《ほんだな》の前に引っぱっていく。こっちはまだ三月ウサギ（『不思議の国のアリス』に登場するウサギ）のひげを描《か》き終えていないのに。まあいいか、ミミが勧《すす》める本もけっこう面白いから。でもぼくは本をひらく前に、いつも少しだだをこねる。ミミ伯《お》母《ば》さんに対する、せめてもの嫌《いや》がらせにね。ジョージ伯父《おじ》さんはにやにやしながらこっちを見てる。そしてミミが出ていくと、ぼくにウィンクしてチョコバーをくれる。ジョージ伯父《おじ》さんは、けっこう好きだな。ありえない髪型《かみがた》をしててさ。いつでもちょっと逆立っているんだ。まるで幽霊《ゆうれい》でも見たみたいに。それともミミの寝起《ねお》きの顔かな。そっちのほうがずっと怖《こわ》い。伯父《おじ》さんが相手だと、腹も立たない。ナイジェルやイヴァン、ピートたちクラスメイトは、初めぼくの父さんだと思っていた。あいつら、まったく大馬鹿だ。

だって父さんにしちゃ、歳《とし》をとりすぎてるだろ。ひと目でわかるじゃないか。顔だってぜんぜん似てないし。それにジョージ伯父《おじ》さんとは、あんまり親しくないんだ。同じ家にいて、親切で、もの静か。ときにはミミに行先を書き置きして、二人で散歩に出かけることもあるけれど、ほとんど話はしない。退屈《たいくつ》しちゃうくらいさ。

ともかく、ジョージはぼくの父さんじゃない。ありえないよ。父さんは死んだんだから。

でも、父さんは本当に死んだわけじゃない。少なくともぼくは、そう思っていない。父さんは地の果てに行ってしまった。いちばん最近の噂《うわさ》では、ニュージーランドにいるらしい。父さんはぼくがもっと小さかったころ、リヴァプールと母さんを捨てた。その日、父さんはぼくにたずねた。

いっしょに行きたいか、母さんと残りたいかと。一分で選ばなくちゃいけなかった。たった一分で。そんなの、左脚《ひだりあし》をとるか右腕《みぎうで》をとるかって、決めさせるようなもんだ。しかも六十秒で。《いっしょに行く》と答えたような気がする。そしてわあわあ泣きながら、父さんのあとについていった。すると父さんはぼくを頭ごなしに怒鳴《どな》りつけ、泣くんじゃないと言った。男の子は泣くものじゃないって。泣かずにすますやり方なんか、一度も教えてくれなかったのに。それいらいぼくは、涙《なみだ》を流すまいとがんばってきた。決して流すまいと。もちろん、つらいことだけど。ほかの男の子たちは、みんなどうしているんだろう。

それからぼくはあの日、くるりとふり返ってママの腕《うで》に駆《か》けこんだ。父さんがどんな目をしたか、今でもよく覚えている。きみを抱《だ》きしめようとしている人の目？　きみを殺そうとしている人の目？　ぼくにはわからない。この先もずっと、わからないだろう。父さんはそのまま世界のむこう端《はし》へと歩き続けた。

父さんはぼくが今すわっている通りを下り、角を曲がった。そして、二度と会うことはなかった。通りの名はペニー・レイン。ぼくがここで待っているのは、偶然《ぐうぜん》じゃない。

本当の理由は、九番地にある。目の前にある大きな赤い家。そのドアのうえにかかっている番地。

九番地。九番地……ぼくはここで両親と暮らしていた。まだ父さんがぼくたちから遠く離《はな》れ、ぼくたちなしで、ぼくなしで生きるほうがいいって決心する前だ。家のなかがどうなっていたか、よく覚えていない。あのころはまだ小さかったし、今はもう入れないから。ぼくが暮らすのは、ミミ伯《お》母《ば》さんの家だから。カーテンがいつも閉めきりだったことだけは覚えている。外に出ると、太陽の光がいきなり顔にあたって、やけにまぶしかったっけ。今日もカーテンは閉まっているけれど、曇《くも》り空なのでどうでもいい。部屋にかかっていた絵が、とても好きだった。昔住んでいた家には、絵があったんだ。馬が荷車を引いている絵。ぼくはその絵を眺《なが》めるのが楽しみだった。瞬《まばた》きもしないでじっと見つめていると、やがて荷車が動き出し、馬がぼくに合図して、うしろに乗れよと誘《さそ》いかけてくるような気がした。景色が大きく広がっていく。うまくすれば、ふわふわした雲みたいなものが浮《う》かびあがってくるのも見ることができた。絵はまだあそこにあるだろうか？　今日もぼくが九番地の標示板を眺《なが》めているあいだ、誰《だれ》かがあの絵を見つめているのだろうか？　ふわふわの雲が、風になびいているのだろうか？　ミミには前に話したことがある。将来、有名な画家になって、前に住んでいたあの家を買うんだって。あの絵を自分のものにして、心ゆくまで眺《なが》めるんだって。するとミミは笑ってこう言った。画家になりたいのか詩人になりたいのか、まずははっきりさせな

いさ。偉《えら》そうな口は利《き》けないと。だったら両方いっぺんにやってやる。そうすりゃミミだって、

ようやくナイジェルがやってきた。変わり者のナイジェル。だってズボンの裾《すそ》を膝《ひざ》までまくりあげ、裸足《はだし》で通りを渡《わた》ってくるんだぜ。靴《くつ》はどうしちゃったんだ？　もしかして、不良少年《テディボーイ》たちにカツアゲされたとか？　ぼくには都合がいいけどね。今日のレースは勝ちが決まったようなものだ。

それにしても堂々《どうどう》と、裸足《はだし》で歩道を横ぎってくるんだから……。

大したもんだよ、あいつ。

第3章

「ナイジェル、靴《くつ》はどうしたんだ?」

「母さんのせいさ」

「いつだって母さんのせいじゃないか」

「いつもじゃないって。でも今日は、本当にそうなんだ。中学の入学試験《イレヴン・プラス》に受かりたかったら、遊んでなんかいられない、家で勉強しろって言うんだよ。さもないと、五十歳《さい》になっても中学に入れないって。余計なお世話さ、引っこんでろって。でも母さんはいい思いつきだとばかりに、ぼくの靴《くつ》を隠《かく》しちゃって。自分がいちばん悪がしこいって、信じているんだ。馬鹿だよな。ぼくを外に出したくなかったら、両脚《りょうあし》を膝《ひざ》のうえからちょん切らないと」

「たしかにちょっと抜《ぬ》けてるな、おまえの母さん」

するとナイジェルはすごい目でぼくをにらみつけた。

「なに言うんだよ、母さんに」

「おまえだってそう思ってるだろ。みんなも知ってることだし」

ナイジェルは言い返そうかどうしようか、迷っているみたいだったけれど、けっきょく笑ってぼくの背中をたたいた。

「たしかにな。でもジョニー、そういうきみこそクソッたれな九番地の前に、あいかわらずぶすっとつっ立ってるじゃないか。まだうじうじ考えてるのか？」

「そのうち忘れるさ。おまえの能無し親父《おやじ》とひげづら姉さんが、少しはまともになるころにはね」

「へえ、それじゃあこの歩道にソファを置いて、ゆっくりすわって待ったほうがよさそうだ。まだまだ当分かかるからな」

ぼくたちは二人で大笑いした。ナイジェルは笑うとき目をつむる。キッチンのストーブで、お尻《しり》を炙《あぶ》られたみたいに。似顔絵に描《か》きやすそうだ。今晩、試《ため》してみよう。でもとりあえずは、コーカスレースに勝たなくては。

ぼくといっしょだと、ナイジェルはよく笑う。でもお母さんといっしょだと、あんまり笑わない。さもなきゃ、泣くのを忘れるために笑うかだ。

あいつが初めてぼくの母さんに会ったとき、わけがわからなかったらしい。ぼくたちは馬鹿をやりたくて、朝からずっとほっつき歩いていたけれど、面白そうなことはなにも見つからなかった。悪魔《あくま》も朝寝坊《あさねぼう》するなんて言われてる日さ。そんなこんなでぼくたちは、港まで行ってみた。市街電車《トラムウェイ》の線路を走る太いケーブルのうえを、バランスをとりながら歩いて。こいつは眠《ねむ》ってる蛇《へび》なんだ。万が一地面に足をつけたら、ぱっと目を覚ますかもしれないぞなんて、いつものように軽口を叩《たた》き合った。だけどそんなことしても、本当は大して面白くもなかった。ぼくたちは別のことを考えていた。ナイジェルは壊《こわ》れた窓の一件で殴《なぐ》られたときのことを思い返していたし、ぼくは誰《だれ》でもいいから喧嘩《けんか》をふっかけたい衝動《しょうどう》を必死にこらえていた。よく、そんな気分になるんだ。アリスの不思議の国には、いかれた連中がたくさん出てくるけど、ぼくはハートの女王にいちばん近いような気がする。手あたりしだい首をちょん切らせるなんて、立派なことさ。つまりぼくたちは、むしゃくしゃしていたってわけだ。

波止場《はとば》に着いて、倉庫の壁《かべ》を埋《う》めつくす卑猥《ひわい》な落書きを見ても、くすっとも笑わなかった。役立ちそうな目新しい落書きもあったけれど、今は面白がっているときじゃない。ビール片手にふらついている船乗りたちには、目もくれなかった。精いっぱいしゃれこんでいるけれど、やっぱり下品なのは隠《かく》せない。そんな船乗りをつかまえようと狙《ねら》っている若い女たちも、負けず劣《おと》らずだったけれど。つかの間の遊び相手にするつもりなのか、それとも結婚《けっこん》相手にするつもりなのか。

マージー川の水面《みなも》に足をたらし、ぷらぷらゆらしながら、フェリーボートや大きな蒸気船を眺《なが》めていると、そりゃもうため息が出てくる。あれはアイルランドから、まっすぐここまで来たんだろうか。もしかしたら、アメリカからかも。ぼくたちはふさぎの虫を引き連れ、にぎやかなセント・ジョン広場にむかった。

もの売りたちのなかにひとり、裾《すそ》の短いズボンをはいて、前歯がやけに長い男がいた。甲高《かんだか》い声であたりの人々《ひとびと》に呼びかけている。

「さてさてこのネクタイ、いくらでお売りしましょうか？　さあ、いくらがよろしいか？」

とそのとき、彼女《かのじょ》があらわれた。赤い髪《かみ》を竜巻《たつまき》みたいにふり乱しながら、空から降り立ったかのように。そしてネクタイ売りの瞳《ひとみ》をじっと見つめ、こう言った。

「お好みの歌を一曲歌ってあげるから、すてきなネクタイを一本いただけないかしら、ご主人さん？」

「だめですよ、お客さん。ここじゃあ、そういうのは通用しない。ちゃんとお金を払《はら》ってもらわなきゃ」

「音楽はお嫌《きら》い？」

「そりゃ、好きですがね。でも……」

「よかった！　じゃあ、なにを歌う？」

「ですから、いま言ったように……」

「『マイ・ハピネス』（アメリカの歌手コニー・フランシスのヒット曲）？　とってもいい趣味《しゅみ》だわ。じゃあ、いくわよ」

「いや、でも……」

ネクタイ売りは必死に言い返そうとしたけれど、言葉の続きは誰《だれ》にも聞こえなかった。若い女の声が、あたりいっぱいに響《ひび》きわたったから。彼女《かのじょ》は目を閉じ、両手を左右に広げて歌った。にこやかな笑いをいっぱいにちりばめた声だった。ネクタイ売りは歌を止めようとしたけれど、そんなの溶岩《ようがん》を噴《ふ》き出すなって火山に言うようなもんだ。とうとう男はあきらめて、ネクタイを一本適当につかむと、彼女《かのじょ》の腕《うで》に巻きつけ、あっちへ行けとばかりに押《お》しやった。彼女《かのじょ》はベンチに飛びのり、魚屋のおばさんが客の呼びこみをするみたいに声を張りあげた。

「誰《だれ》かこのネクタイを欲しい人は？　キスと引き換《か》えにネクタイをあげるわよ。大好きな男のためのネクタイを！」

ぼくはあたりを見まわしながら、なにも考えずに走り出した。一番にならなくちゃ。大好きな男にならなくちゃ。難破船から助けを求めるみたいに手を宙に突《つ》き出すぼくを見て、彼女《かのじょ》は大笑いした。そしてベンチから飛び降り、ぼくを両手で受けとめた。石鹸《せっけん》と塩の香りがする。

「ブラヴォー、素敵《すてき》なネクタイはあなたのもの。でもその前に、キスしてくれないと」

ぼくは彼女《かのじょ》のばら色の頬《ほお》に、思いきりキスをした。彼女《かのじょ》は気を失うようなジェスチャーをして、ぼくの首にネクタイを巻くと、笑いながらこう言った。

「さあ、おうちに帰りなさい、ジョニー。あんまりいつまでもうろうろしていると、花飾《はなかざ》りに埋《うず》もれちゃうわよ」

そしてぼくにすばやくキスをすると、ジャガイモや食器を並べた露店《ろてん》のあいだをすり抜《ぬ》け、腰《こし》をふりふり立ち去った。ナイジェルは催眠術《さいみんじゅつ》にかけられたみたいに唖然《あぜん》としながら、感きわまったかすれ声で言った。

「すげえな、きみの姉さん」

「姉さんじゃないさ。ジュリアだ」

「ジュリア？　いとこか？」

「いや、母さんだ」

「お母さん？　ふざけるなよ」

「ふざけてるように見えるか？」

「いつだってふざけた面《つら》してるからな。母さんていうのはあんなじゃない。いつも赤ら顔で、揚《あ》げ物の臭《にお》いをさせてる。キスやネクタイのかわりに、がみがみわめいたり、びんたを食らわしたりするばっかりでさ」

「おまえらの母さんはそうだろうけど、ぼくの母さんは別なんだ」

ナイジェルはぼくをじっと見つめた。冗談《じょうだん》じゃないとわかったらしい。

「まったくもう……あんな母さんがいるなんて、うらやましいよ」

「いやしないさ。いたなんて言えないね。さあ、もう行こう」

ぼくは首からネクタイをはずし、ナイジェルの首に巻きつけた。お祭り騒《さわ》ぎはおしまいだ。マージー川の泥水《どろみず》がたえず流れていくように。

その日から、ナイジェルもほかのみんなも、ジュリアの大ファンになってしまった。ジュリアはあいつらにとって、びりびりしびれる天使のようなものだった。喜びの源、手の届かない夢だ。ほとんど会わないけれど、たまの機会があると一瞬《いっしゅん》も見逃《みのが》すまいと目をいっぱいに見ひらいて、満面の笑《え》みを浮《う》かべた。自分たちのお母さんには、そのぶんますますうんざりして。あいつらが頰《ほお》を赤く染めるのを見ると、ぼくは誇《ほこ》らしいのと悲しいのと、どっちつかずの気持ちになった。みんなはうらやましがるけれど、それはぼくのものじゃない。もう、ぼくのものじゃないんだ。

いつかまた、手に入れられるだろうか。

いつかまた。


ナイジェルは顔をしかめて脚《あし》をさすった。ぼくはやつに言った。

「おい、今日のレースはやめたほうがいいんじゃないかな」

「まさか」

「そうかい？　裸足《はだし》でバンパーに乗るつもりか？」

「ああ。最後はそのケツを吹《ふ》き飛ばしてやるさ。ぼくの勝ちは決まってるからな」

「じゃあ始めようぜ、カウボーイ。さあ、馬のお出ましだ」

緑色をした二階建てバスが、ぼくらのところまでやってきた。《アメリカに行くならキュナード・ラインをどうぞ》とかいう広告板のうしろに隠《かく》れて、準備完了《かんりょう》だ。あとは二人とも、口を利《き》かなかった。これは真剣《しんけん》勝負なんだ。ガラスがはまったどでかい獣《けもの》は、カーブにさしかかってスピードをゆるめた。ぼくたちはボールみたいにぴょんと弾《はず》んだ。二人そろってバンパーに飛び乗り、車体にしがみついて片足でバランスをとる。ライバルのしかめっ面《つら》を見て、バンパーが熱くなっているとわかった。でもやつは歯を食いしばり、赤い舌をぺろりと出して見せた。バスはスピードをあげた。勝負開始。風が耳に吹《ふ》きつけ、目がしょぼしょぼした。眼鏡《めがね》のおかげで少しはましだったけれど、ぼくはつぶってしまいたくなった。だめだめ、目を閉じたら、ナイジェルのしかめっ面《つら》が見られない。黒ずんで汚《きたな》らしいリヴァプールの通りも、歩道からぼくらを指さし笑っている女の子も見られない。それにバスの車掌《しゃしょう》も、しっかり見張っておかなくちゃ。ぼくらに気づいて、こっちにやってくるかもしれない。ビールのグラスに群がる蝿《はえ》を払《はら》うみたいに、ぼくらを追い立てるために。最初の何分間かがいちばん危なかった。停留所が三つ続いているから、バスが止まったら、乗ってくるトンマや降りるおばさんに捕《つか》まってしまうかもしれない。停留所に近づいて、バスがスピードを落とすたび、心臓が締《し》めつけられるような気がした。恐怖《きょうふ》のあまりわれを忘れ、ナイジェルに勝ちをゆずって腰抜《こしぬ》けみたいに逃《に》げ出したくなった。でもぼくはふんばった。怖《こわ》いのなんか、とっくの昔に慣れっこになっている。毎度のことだからね、どうやったら鎮《しず》められるかもわかっていた。

別の世界に飛びこむだけでいい。

鏡のむこうに隠《かく》されている世界、ぼくの頭のなかで沸《わ》き立っている世界、想像のなかにある世界に。そこで縮こまっていると、ミミ伯母《おば》さんの家の毛布みたいに、ぼくを暖かく包みこんでくれる。

バスは止まらずにスピードをあげた。降りようとするトンマも、乗りこもうとするおばさんもいなかった。今日はついてるぞ。こっちの世界でふくらはぎがぷるぷると震《ふる》え始めると、もうひとつの世界に頭から飛びこんだ。不思議の国に。するとポケットのなかで握《にぎ》りしめている小石はもう小石じゃなく、心臓の鼓動《こどう》に合わせてチクタク時を刻む懐中時計《かいちゅう》になった。ぼくは長くて白い耳が折れ曲がるほど、猛《もう》スピードで走っている。長い門歯がものすごい勢いでぶつかり合う。ぼくはもうジョンじゃない。時間に遅《おく》れそうだって大あわてしている、不思議の国の白ウサギだ。少しずつあっちの世界がこっちの世界を呑《の》みこみ、ナイジェルもバスも道路も消えていく。ミミ伯母《おば》さんも、イギリスもニュージーランドも、この星からすべて姿を消してしまう。体がとっても軽くなる。もうぼくは、白ウサギですらない。白ウサギが見る夢だ。外の世界の音がぼんやりとかすんで、ゆったりとしたざわめきに溶《と》けこんでいく。ぼくはもう走っていない。飛んでるんだ。夢のなかみたいに、どこまでも遠くに飛んでいく。ぼく自身からも遠く離《はな》れて。

いつまでも……

いつまでも……

「ジョニー、起きろよ。ずらかるぞ」

ナイジェルの声ではっと気づき、ぼくは彼《かれ》の世界に引き戻《もど》された。バスはちょうど止まったところだった。目をあけると、現実世界で二つの驚《おどろ》きが待っていた。

ひとつはぼくがあいかわらず左足を、下につけていなかったこと。二つ目はまずいことに、『たのしい川べ』（イギリスの作家ケネス・グレアムが書いた童話）に出てくるアナグマのバジャーさんにそっくりの車掌《しゃしょう》が、唾《つば》を飛ばしながらつかみかかってきたことだ。

「この悪ガキども！　とっちめてやる。無銭乗車をしようなんていう気を、二度と起こさないようにな」

ナイジェルは手近な路地に、さっさと逃《に》げこもうとしている。制帽《せいぼう》をかぶったアナグマは、ぼくの襟首《えりくび》をつかまえようとした。ぼくは下に飛びおり、靴《くつ》が地面につくが早いか、肺が燃えるように痛むのもかまわずめちゃくちゃに走り出した。車掌《しゃしょう》の声が空の彼方《かなた》に消えると、ぼくは《ジャブジャブ》だの《タムタム》だのと歓喜《かんき》の雄《お》たけびをあげた。なんてイカレたやつなんだと、みんな思ったことだろう。「ジャバウォックの詩」を読んでいてもね（「ジャバウォックの詩」は『鏡の国のアリス』に出てくるナンセンスな詩で、《ジャブジャブ》や《タムタム》はそのなかの言葉）。

ナイジェルは汚《よご》れたレンガの塀《へい》に寄りかかり、前に体を折り曲げて息を整えていた。ぼくはまだはあはあ言いながら、やつのお尻《しり》にいっぱつ蹴《け》りを入れた。のどちんこが鼻の穴から飛び出すくらい強烈《きょうれつ》な蹴《け》りを。ナイジェルは頭を壁《かべ》にぶつけた。これには壁《かべ》もびっくりだったろう。ナイジェルは尻《しり》もちをつき、大声をあげた。

「おい、なにするんだ」

「なにもへったくれもないさ。おまえが先に足をついたんだから、ぼくの勝ちだ」

「インチキ野郎《やろう》！」

「ヘタッピー！」

「メガネヘビ！」

「デブチン！」

「屁《へ》こきカビ！」

「うぇ、そいつはいいや！」

ナイジェルは大笑いした。ぼくも大笑いした。それから二人、壁《かべ》を背に、並んで腰《こし》かけた。

ぼくらは世界の王様だ。

ようやく呼吸がいつものペースに戻《もど》ると、通りの名前を書いた標示板を見あげた。ぜんぜん知らない通りだった。

「ここはどこなんだろう？」

「さあ、南の地区らしいけど。引き返すか？」

「そうだな……ここまで来たんだから、オグレット地区のあたりまで行って、河口でも眺《なが》めようか」

「本気かよ。足は大丈夫《だいじょうぶ》なのか？」

二人の視線がナイジェルの足に注がれる。足は両方とも、ひき肉の塊《かたまり》と化していた。ナイジェルは肩《かた》をすくめた。

「水につければ、すぐになおるって」

「そうかな……水の色を見てみろよ。あんなところに足をつけたら、たちまち腐《くさ》っちまうぞ」

「そうすりゃ母さんに、靴《くつ》のことでとやかく言われずにすむ。靴《くつ》なんか、セント・ジョンの市場で売りはらっちゃうさ」

「アーメン」

ぼくたちはまたのろのろと歩き始めた。すれ違《ちが》う人がなんの動物に似ているか想像し、ときおり肘《ひじ》でつつき合った。途中《とちゅう》、空襲《くうしゅう》でやられた地区の前を通った。リヴァプールのあちこちにそんな場所が残っていて、ぼくたちは好んで遊び場にしていた。大きな穴があいた家やビルが、ぼくらには火星や西部の大草原だった。そのときの気分次第《しだい》でね。通行人が集まって、その日の出し物を見《み》逃《のが》すまいと首を伸《の》ばしている。ぼくとナイジェルは見物客の脚《あし》のあいだをすり抜《ぬ》けて、最前列に進み出た。爆撃地区《ボンビー》の真ん中には、もじゃもじゃの口ひげを生やした痩《や》せた男がいた。男は金属製の太い鎖《くさり》で、体をぐるぐる巻きにしている。鎖《くさり》から抜《ぬ》け出そうとする男の脇《わき》で、赤毛の少女がバイオリンを弾《ひ》いていた。二人とも、四苦八苦しているみたいだ。まだまだかかりそうなので、ぼくたちは鎖抜け芸人《フーディーニ》を残し、オグレット地区にむかってまた歩き始めた。

一時間ほどすると、ようやく着いた。河口の奥《おく》まで海が入りこんでいる。川の底はどこまでもどろどろに濁《にご》っていた。

やれやれ。これじゃあ今日はナイジェルも、足を洗えそうにない。そう言ってからかおうとしたとき、甲高《かんだか》い声がさえぎった。

「おい、おまえら、迷子《まいご》にでもなったのか？　おれたちの縄張《なわば》りに入りこんで、小便の臭《にお》いを撒《ま》き散らされたんじゃ、たまらねえんだよ」

ふりむくと、相手は三人だった。不良少年《テディボーイ》を気取っているけれど、二十歳《さい》にはまだほど遠い感じだ。十歳《さい》かそこらってところかな、ぼくたちと同じで。なかの二人なんか、赤ん坊《ぼう》みたいなつるつるの頬《ほお》をしてる。三人目は痩《や》せっぽちで、ナイジェルの靴《くつ》ほどの体重もなさそうだ。

ぼくはナイジェルにちらりと目で合図した。あいつも同じことを考えてる。

ひと暴れしてやろうじゃないか。

こいつはどう見たって、楽勝に決まってるけれど。

第4章

結局、楽勝とはいかなかった。ふんわりしたお菓子《かし》だと思ったら、あんがい硬《かた》くて歯ごたえがあったって感じかな。ジュリアが作るお菓子《かし》みたいにさ。

最初は順調だった。リーダー格は、ほっぺたがケツみたいにふくらんだやつだった。ぼくはそいつのまたぐらを膝《ひざ》で突《つ》き、一発でのしてやった。ひっくり返るとき、風船がしぼむような音がした。むこうはロウソクみたいに真っ青になって、泥《どろ》のなかに倒《たお》れこんだ。まるで毛むくじゃらの牛の糞《ふん》だ。ナイジェルは相手のウジ虫野郎《やろう》がちょこまか動きまわるものだから、ちょっとばかり苦戦していた。さいわい敵は岩に生えてたねばつく苔《こけ》に足を滑《すべ》らせ、すってんころりんした。まるでコガネムシの体操だ。ナイジェルはその機に乗じて、相手の鼻にパンチを食らわせた。敵はよろよろと起きあがり、泣きながら逃《に》げていった。

山は越《こ》えたと思ってた。残りは痩《や》せぎすの針金野郎《やろう》ひとり。そいつをぶちのめすくらい、おちゃのこさいさいだろうと。でも、違《ちが》ってた。ぼくたちは、かちかちのお菓子《かし》に食らいつこうとしてたんだ。ナイジェルはターザンみたいな雄《お》たけびをあげながら、そいつのうえに飛びかかった。ところがマッチ棒野郎《やろう》はナイジェルの喉《のど》に、悠然《ゆうぜん》と空手の一撃《いちげき》を決めた。ナイジェルはたまったもんじゃなかった。誰《だれ》だってあれにはかなわない。ぼくは助けにむかったけれど、相手はさっきよりすばやいパンチを繰《く》り出してきた。殴《なぐ》るしか能がないやつだけど、狙《ねら》いは正確だ。ぼくは巧《たく》みにかわしたものの、眼鏡《めがね》をどこかにはじき飛ばされてしまった。たちまちあたりは霧《きり》に包まれた。マッチ棒野郎《やろう》のぼやけた人影《ひとかげ》が、とどめを刺《さ》そうとやってくる。いつものぼくの必殺技《わざ》は、髪《かみ》を引っ張ることだった。予想外の攻撃《こうげき》なだけに、効果が大きいんだ。いきなり泣き出すっていう手もある。男子はちょっとやりづらいけれど、ぼくはぜんぜん気にしてない。泣きまねしているところを父さんに見つかる心配もないし、汚《きたな》い手を使ったって、それで勝てるならかまわないさ。でも髪《かみ》の毛を引っぱるには、目がよく見えないといけない。眼鏡《めがね》なしじゃ、自分の指の先もわからないぞ。急いで別の作戦を考えなくては。頭のうえに腕《うで》がふりあげられたとわかった瞬間《しゅんかん》、足がなにか固いものにぶつかった。どうやら小さな板らしい。ぼくはさっと屈《かが》んで板をつかむと、パイロットのいないヘリコプターのプロペラみたいに、全力でふりまわし始めた。捨て身の攻撃《こうげき》が何秒か続き、板ががつんと誰《だれ》かの骨にあたる感触《かんしょく》がした。ナイジェルの鼻じゃなけりゃいいけれど。あとに続く静けさのなかに、あたりを飛びまわるカモメがガアガア鳴く、馬鹿にしたような声だけが響《ひび》いた。無駄《むだ》だろうとは思いながら、ぼくは手さぐりで眼鏡《めがね》を捜《さが》した。すると誰《だれ》かがぼくの鼻に、すっと眼鏡《めがね》をかけた。ふたたび世界がくっきり浮《う》かびあがると、ナイジェルがぼくに笑いかけていた。歯が一本欠けた勝者の、晴れやかな笑《え》みだった。歯もなけりゃ靴《くつ》もないときては、今夜、やつの家はひと騒動《そうどう》だろうな。

「最後のひとりも見事にしとめたな。板の一撃《いちげき》は悪くなかった」

「長年、練習してるからね。おい、口から血が出てるぞ」

「ああ、わかってる。いかすだろ。ひと休みして帰ろうか」

「うん、そうしよう」

ぼくたちはそんな話をしながら腰《こし》かけ、カモメが群がる広大な泥《どろ》の海をぼんやりと眺《なが》めた。しばらく沈黙《ちんもく》が続いたあと、ぼくは口をひらいた。遠くで眠《ねむ》る海を起こすまいとするかのように、ぼくは小さくささやいた。

「なにが見える？」

「なにがって？」

「だから、なにが？　なにが見えるか訊《き》いてるんだ」

「どこに？」

「あっちさ……前のほう」

「そんなこと言われても……なにも見えないけど。だいいち、見るものなんかないじゃないか。泥《どろ》が何トンもあるだけで」

「だよな。ぼくもそう思ってた。ぼくは母さんと同じ目をしているんだ」

「母さんと同じ目？　きみのお母さんも茶色い目なのか？」

「そうじゃないさ。視力の話でもないし。ほら、ぼくは本に出てくるモグラみたいに近視だけど」

「本って？」

「それはいいから。ぼくが言いたかったのは、母さんもぼくとおんなじだってこと。本物とは違《ちが》うものが見えている。母さんには、別の世界が見えるんだ。目の前にあるけれど隠《かく》れている世界が」

「ふうん。じゃあ例えば、あそこにはなにが見える?」

ぼくはぎゅっと口を結んで、よく目を凝《こ》らした。

「ミルクココアの海が見える。浮《う》かんでいる船には、マスト代わりのチューリップが逆さに立っていて、操縦しているのはヒキガエル。ロウソクの明かりに照らされて、海の真ん中にある穴を探しに行くんだ。その穴を抜《ぬ》けると、鏡のむこうの世界にいるアリスのもとへたどりつける。だけど頭のうえから、空飛ぶ豚《ぶた》が襲《おそ》ってきて、海はぐつぐつ煮《に》え立ちだす(『鏡の国のアリス』に出てくる詩の一節から来ている)」

「ははあ、わかった。さっき、もうひとりのやつに、頭をぶん殴《なぐ》られたんだな」

「ふざけんな、かすりもしなかったって。ぼくも母さんと同じ目をしている。それだけのことさ」

カニが一匹《ぴき》、靴紐《くつひも》にしがみつこうとした。ぼくは勝手にやらせておいた。カニはせっせと続けている。

ナイジェルは話題を変え、急に疲《つか》れが押《お》し寄せてきたみたいに、悲しげな声で言った。

「ジョニー……どうしてぼくたち、年がら年じゅう喧嘩《けんか》してるんだろう?」

「ジュリアが言ってたっけ、リヴァプールの住人はみんな気が荒《あら》くて血の気が多いって。だからぼくは、根っからの土地っ子らしいや」

「ロンドンの連中は、こんなに気が荒《あら》くないのかな？」

「ああ、気も荒《あら》くないし、血の気も多くない。むこうじゃみんな慎《つつし》み深く冷静らしい」

「きみは喧嘩《けんか》が好きかい？」

「わからないな。たぶん、好きじゃないと思う。でも、そうするしかないのさ。ここで生きのびるには、喧嘩《けんか》が強いかおどけものになるかなんだ。両方だったら、もっといい。ジュリアに言わせりゃね」

「いつかまた、お母さんと暮らせるようになると思うかい」

ぼくは少しわざとらしいくらいにため息をつき、カニを蹴飛《けと》ばした。カニは派手に飛んでいった。

「さあ、ナイジェル、もう行こう。暗くなる前に帰らないと」

ぼくたちは町の中心街に続く道を引き返し始めた。左の脇腹《わきばら》がずきずき痛んだ。心臓や肺を力いっぱいつかまれて、息ができなくなったみたいに。

まあいいさ。ぼくには慣れっこの痛みだもの。医者を呼ぶまでもない。悲しみを癒《い》やす薬は、どこにもないのだし。

第5章

いちばん難しいのは手だった。テニスをするティーカップや雌鶏《めんどり》の脚《あし》をした女、ソーセージみたいに長細い青い犬を描《か》くのは、まあなんとかなる。そいつはマスターしてるからね。でも、手となると……指の形なんて込《こ》み入ってて、いつも四苦八苦だ。でもぼくは、四苦八苦するのが好きだった。だから息を切らせながらがんばって、だめならまたやりなおし、それでもうまくいかなければ、ひと息ついていちからまた始める。人さし指はこんなふう、爪《つめ》はあんなふうって描《か》くのは楽しいけれど、手全体だと楽しんでる余裕《よゆう》はない。だからぼくは気合を入れて、せっせと白いページを黒く埋《う》めた。そこに命がかかっているみたいに。手首ががくがくしてくると、頭のうえで手をゆすってしびれをほぐし、それからまた関節の海に潜《もぐ》っていった。いまにも溺《おぼ》れ死にしそうだ。

ぼくは現実世界の海面にいきなり顔を出した。でもそれは、救命ブイのおかげじゃない。その日、ぼくを引っぱりあげたのは、バローズ先生の怒鳴《どな》り声だった。

「もう一度たずねるが、ここがどこだかわかってるのかね？」

ぼくは関節の海から目をあげた。バローズ先生はまさに怒髪《どはつ》天を衝《つ》くって感じだったけど、さいわい先生には髪《かみ》がなかった。クラスメイトたちはみんな、にやにや笑ってこっちを見ている。にわか雨でずぶ濡《ぬ》れになるやつを、傘《かさ》の下から見物しようっていうんだ。つまり、このぼくを。バローズ先生はぼくの机に屈《かが》みこんだ。怒《いか》りで真っ赤になった鼻が、ぼくの鼻先数ミリまで近づいた。

「わたしの授業も聞かないで、なにをそんなに熱心にやっているのか、知りたいものだね。ネルソン提督《ていとく》の波乱に富んだ生涯《しょうがい》について、話していたところなんだが」

先生は返答を待たずにぼくの手から紙きれを取りあげると、右の眉《まゆ》と目をクエスチョンマークの形にひねって、吐《は》き捨てるように言った。

「こんなことに労力を費《つい》やして、学年末試験に合格できると思ってるのか？」

「思ってません、先生」

「だったら好きにすればいい」

「お言葉ですが、ネルソン提督《ていとく》がプレーンティーを飲んでたのか、弾薬《だんやく》風味の紅茶を飲んでたのかを知ったところで、ぼくの夢がかなえられるわけではありません」

となりでグズマンが、思わずぷっと吹《ふ》き出した。バローズ先生にひとにらみされ、グズマンはすぐに神妙《しんみょう》な顔に戻《もど》った。先生はぼくに注意を戻《もど》すと、腹をすかせたワニみたいな作り笑いを浮《う》かべた。

「そりゃ面白い。だったら、きみの夢とやらを聞かせてもらおうか」

「芸術家《アーティスト》になりたいんです」

「ほほお、そうか……で、どんな類《たぐい》の芸人《アーティスト》になりたいんだ？　火吹《ふ》き芸人？　それともヘビ使い？」

「画家です。画家と詩人に」

「くだらん！」

バローズ先生はぼくの絵を半分に引き裂《さ》いた。時間をかけて楽しもうとでもいうように、ゆっくりと。ずっと前からぼくのなかで、いつも眠《ねむ》っている怒《いか》りがたちまち目を覚ました。あの紙には、何度も見返したくなるくらいうまく薬指を描《か》けてたのに。バローズ先生は満足そうに、得意のお説教を続けた。

「アーティストなんて、まともな仕事じゃない。そんな妄想《もうそう》に目をくらまされるのは、きみみたいにひ弱で狭《せま》い精神の持ち主だけだ」

「笑わせるよ」

「なんだって？」

「あんたら大人ときたら、みんなお笑いぐささ。芸術家《アーティスト》はすばらしいって言うくせに。本のなかにも美術館にも、芸術はあふれてる。なのに、身近にはいて欲しくない。とっくに死んだ、過去のものであって欲しいんだ」

バローズ先生は拳《こぶし》を握《にぎ》りしめた。グズマンはもう笑っていない。教室にはもう誰《だれ》ひとり、笑おうなんて思うやつはいなかった。嵐《あらし》が吹《ふ》き荒《あ》れようとしている。

「きみは病《や》んだ頭が作り出す夢のなかに暮らしている。問題は、どうしたらいいかだ。助かりたいなら、まだ間に合う。きみの将来を考え、なにか現実的なもの、堅実《けんじつ》な仕事を見つけてあげる時間はある。きみは将来について、なにか真面目《まじめ》な展望は持っていないのかね？」

「ありますよ」

ハゲの先生はほっとしたようだった。でも、おあいにくさま。

「ふむ……けっこう。で、きみは、本当のところなにになりたいんだね？」

「セイウチです」

何人かの生徒が、小声でくすっと笑った。けれどもバローズ先生は笑わなかった。もしかしたら、その日からもう二度と笑わなくなったかも。

「今、なんて？」

「だから、セイウチです」

「セイウチって、ど……動物の？」

「ええ、ぼくはセイウチになりたいんです。もちろん、立派な牙《きば》があるような。でも、ふつうのセイウチとは違《ちが》ってシルクハットをかぶり、燕尾服《えんびふく》を着ています。鏡のむこう側のセイウチみたいに（『鏡の国のアリス』に出てくるセイウチのこと）。牙《きば》で牡蠣《かき》をやすやすと嚙《か》み砕《くだ》く、悪賢《わるがしこ》いセイウチです。ほかのセイウチが得意なこととといったら、生徒を眠《ねむ》たくさせることくらいだけど」

ぼくは先生に、嫌味《いやみ》ったらしく笑いかけずにはいられなかった。宣戦布告と取られたってかまわない。頰《ほお》をひっぱたかれるだろうと覚悟《かくご》していた。けれども先生は、予想していたようなやり方では反撃《はんげき》してこなかった。

「ふむふむ……セイウチか。なるほど……」

先生は頰《ほお》を震《ふる》わす怒《いか》りをじっとこらえようとしているんだと、みんなにもよくわかった。ある意味、大したもんだ。先生はやさしげな声になった。怒鳴《どな》り散らすよりたちが悪い。

「いいかね、きみは落ちこぼれだ。まだ十一歳《さい》にもならないというのに、きみの人生はもう終わっている。誇《ほこ》りあるわれらがダヴデイル小学校の恥《はじ》だ。きみにお父さんがいなかったのは、まだしもの救いだ。きみが周囲の人々《ひとびと》を巻き添《ぞ》えにする不名誉《ふめいよ》を、ひとりだけ免《まぬが》れられたのだから。きみの病《や》んだ精神は救いがたいが、その思いあがった心根が同級生たちを害するのは食い止められるだろう。だから明日までに百回、次の文を書いてきなさい。《いくら先生をからかっても、わたしの迷える魂《たましい》に贖罪《しょくざい》の道は見つからない》と。とりあえずは、壁《かべ》にむかって立っていたまえ。きみみたいな忌《い》まわしい生徒がいるべき場所は、そこだけだからね」

ぼくは先生に飛びかかり、ネクタイを嚙《か》み切って鼻毛をむしり取り、ハゲ頭に植えなおしてやりたくなった。でも、やらなかった。秘めたる怒《いか》りは鼻先を見せるが早いか、たちまちまた巣穴に引っこんで、次のときまで身を潜《ひそ》めてしまった。立ちあがると、ぼくはバローズ先生の手を見つめた。人さし指が悲しげな教室の隅《すみ》をさしている。

先生は毛むくじゃらの、太くて短い指をしていた。
すごいや。今夜、さっそく描《か》いてみよう。
きっといい絵になるぞ。

第6章

ミミの家に帰ってくると、ぼくは決まって玄関《げんかん》で立ちどまり、ドアの前の床《ゆか》をうっとりと眺《なが》めた。白と黒の四角いタイル張り。だけどぼくにとっては、もちろんただの市松模様《いちまつもよう》じゃない。ときにはチェスのボードに見えることもある。緑色をした魔法《まほう》の薬で小さくなった公爵《こうしゃく》夫人の兵士たちが、そのうえで戦うんだ。ときには地中に逃《に》げこんだ怪物《かいぶつ》の背中に描《か》かれた模様に見えることもあった。だけどとりわけ好きなのは、家のなかからこのタイルや、外の世界を眺《なが》めることだった。居間の窓は大きな花を描《えが》いた、色鮮《いろあざ》やかなステンドグラスになっていた。それを通して外を眺《なが》めると、すべてが違《ちが》って見える。ぼくは窓ガラスに鼻を押《お》しあて、立ったまま何時間も景色を楽しんだ。通りを歩く人々《ひとびと》は、まるで月から落ちてきたみたいだ。街灯はタチアオイのように身をくねらせ、赤や緑の雲が風に吹《ふ》かれて波打っている。鏡のむこうの世界が、ガラス越《ご》しに思うぞんぶん味わえた。でも今日は、しばらく外でぐずぐずしていた。通学バッグのなかで眠《ねむ》っている罰《ばつ》のことを思うと、なかに入るのは気が重かった。

ぼくは深呼吸し、大急ぎで笑顔《えがお》をとりつくろうと、ドアを抜《ぬ》けた。

伯母《おば》さんが吸っている煙草《たばこ》の臭《にお》いが、まずはぷんと鼻を突《つ》いた。伯母《おば》さんは居間にいるってわけか。きっと暖炉《だんろ》の脇《わき》あたりに。自分は年中吸うくせに、ぼくがシケモクをくわえているのを見つけると、叱《しか》りつけるんだ。次に襲《おそ》いかかってきたのは（正確に言うなら、脛《すね》のあたりに襲《おそ》いかかったのは）、家で飼っている大きな赤毛の雌猫《めすねこ》パムだった。むこうにとっちゃ歓迎《かんげい》の挨拶《あいさつ》なんだろうけど、ぼくには股《また》ぐらをボールが直撃《ちょくげき》したも同じだ。パムのやつ、馬鹿みたいにニャアニャア鳴いている。そっと帰宅したかったら、出なおさなくちゃならないな。ぼくは撫《な》でてやる気にもならず、足でそっと猫《ねこ》のお尻《しり》を押《お》した。パムはまあそれでもいいかなというように、耳を下げて離《はな》れていった。

ぼくは居間に入った。案の定、ミミはそこにいた。青い肘《ひじ》掛《か》け椅子《いす》にすわって、新聞を読んでいる。ラジオからは、ビング・クロスビー（アメリカの歌手、俳優）の歌が流れていた。その歌声が、ぼくには嵐《あらし》の前の静けさに聞こえた。唐辛子《とうがらし》の嵐《あらし》が吹《ふ》き荒《あ》れる前の、甘《あま》い蜜《みつ》の味に。

ミミ。ぼくは伯母《おば》さんを見つめた。なぜか急に、胃がぐっと重くなった。突然《とつぜん》、自分が小さくて、無力で、無防備だと感じた。芝居《しばい》の衣装《いしょう》を脱《ぬ》がされ、舞台《ぶたい》のうえでパンツいっちょうになったような気がした。ときおり、伯母《おば》さんがよそ見をしているとき、その腕《うで》に飛びこみたいと思うことがある。伯母《おば》さんの腕《うで》に身を委《ゆだ》ね、しっかり抱《だ》きしめられたいと。でもそんなことは、これまでなかったしこれからもありえない。

伯母《おば》さんはぼくをふり返ってにっこり笑いかけ、それから顔を曇《くも》らせた。まるで茂《しげ》みの奥《おく》に隠《かく》れた獲物《えもの》を嗅《か》ぎつける猟犬《りょうけん》のように、厳しい目つきでぼくのようすをうかがっている。伯母《おば》さんがラジオを切ると、陽気なビング・クロスビーの口笛もぷっつりやんだ。

「ジョン、またなにかしでかしたの?」

「いいや、ミミ伯母《おば》さん」

「隠《かく》してもだめよ。顔を見ればわかるんだから。さあ、すわってぜんぶ話しなさい」

ぼくはうまい言いわけを見つけようと、煙《けむり》が立つくらい頭を全速力で回転させた。でも無駄骨《むだぼね》折《お》りだった。どんな隠《かく》しごとも、ミミにはみんなばれてしまう。ほら、包帯をはがすときみたいにさ、いっきにべりっとやったほうがいいんだ。ぼくは肘掛《ひじか》け椅子《いす》と同じ青いソファに腰《こし》かけ、思いきって白状した。

「また罰《ばつ》を喰《く》らっちゃったんで、サインが必要なんだ。でも今回は、本当にぼくのせいじゃないのに」

「そうでしょうとも。じゃあ、こういうことかしら。石を投げたのはおまえじゃない、蹴飛《けと》ばしたのはおまえじゃないって？　手や足が勝手に出たんだって？」

伯母《おば》さんの声に悪意は少しもなかった。でも、ちょっとうんざりしてるみたいだ。冷たい氷の下で、炎《ほのお》が燃えさかっている。

「違《ちが》うよ、バローズ先生の質問に、思ったとおりを答えただけさ。将来、なにになりたいかって訊《き》かれたからね」

「で、なんて答えたの？」

「芸術家《アーティスト》だって」

ミミはため息をついた。

「先生が怒《おこ》ったのも無理はないわね。アーティストなんて、まっとうな仕事じゃないわ」

「まっとうな仕事だとは言ってないさ。ぼくはべつに、まっとうな職につきたいとは思ってない。

まっとうな一生を送ろうって気はないんだ。でも、アーティストにはなりたい。それだって仕事のうちじゃないか！」

「おまえなら、もっといい仕事につけるわよ、ジョン」

そう言われて、ぼくは嬉《うれ》しいと同時に腹立たしかった。

「アーティストになるなんて、とんでもないっていうの？　そういうこと？　動物を殺したり、銃《じゅう》を作ったりすることより、家族を残して船で地の果てへ行くことより、もっと恐《おそ》ろしいって？」

沈黙《ちんもく》が続いた。ミミは自分の言葉の重みを量《はか》っているかのようだった。

「ジョン、おまえのミドルネームはなに？」

またその話か！　いつもいつも、いやんなる。

「そんなこと、関係ないだろ……」

「おまえのミドルネームはウィンストン。ジョン・ウィンストンなのよ。両親がこの威厳《いげん》ある名前をつけようと思ったのは、わたしたちを野蛮《やばん》な侵略《しんりゃく》から救った偉人《いじん》ウィンストン・チャーチル卿《きょう》（イギリスの政治家。第二次大戦中、首相として活躍《かつやく》し、連合軍を勝利に導いた。葉巻きの愛好家）が敷《し》いた道を、おまえに示すためだった」

ミミはもう、ぼくを見ていなかった。伯母《おば》さんはわれらが偉人《いじん》ウィンストンの本が眠《ねむ》っている大きな本棚《ほんだな》を、賞賛の眼差《まなざ》しで眺《なが》めていた。

「おまえはチャーチル卿《きょう》を手本にし、その名前に恥《は》じないよう、みんなに役立つ立派な職業を選ばなくては」

ぼくは立ちあがり、ダイナマイトの箱にマッチの火を投げこむみたいにこう言い放った。

「いつかミドルネームを変えてやる。きれいさっぱり拭《ぬぐ》い去ってやるさ。靴《くつ》にくっついた犬の糞《ふん》みたいに」

ミミはいつものようにじっとこらえて平静を保ち、ぼくの顔をにらみつけた。

「どうしてそんなことを？　わたしを怒《おこ》らせようとしているの？」

「そうじゃないさ。たぶん、チャーチルみたいなハゲでデブになるのが怖《こわ》いんだろう。でも、ちょっと迷うのは葉巻かな。あれは悪くないかも」

「ジョン、わたしは真面目《まじめ》に話してるのよ。おまえにはすばらしい未来がひらけてる、なろうと思えば……」

「でもぼくは、薬剤師《やくざいし》や医者や弁護士になる気はないんだ。プリンセス・ロードの大きな家に住みたいわけでもない。それはミミ伯母《おば》さんの夢だろうけど、ぼくの夢じゃないんだ」

「じゃあ、おまえの夢はなんなの？」

とうとう怒《いか》りの炎《ほのお》が、冷たい氷の会話を打ち破った。火山がうなり声をあげている。そんなとき、とるべき道は二つ。いっきに爆発《ばくはつ》するか、挑発《ちょうはつ》の言葉を溶岩《ようがん》のように吐《は》き出すか。ぼくはろくすっぽ考えずに、二つ目の道を選んだ。

「そうだな、小さな街道沿いに立つ山荘《さんそう》で暮らすことかな。そこに画家のアトリエを構えるんだ。なんなら伯母《おば》さんも、遊びに来るといいや。飼っている豚《ぶた》を見せてあげるから。豚《ぶた》の名前もウィンストンにしよう。歳《とし》とった雌《めす》ヤギも飼ってさ。雌《めす》ヤギは毎日ずっと、草をくちゃくちゃ噛《か》んでいる。名前はミミ。伯母《おば》さんに敬意を表してね」

ミミ伯母《おば》さんはどうにか作り笑いを浮《う》かべた。瓶《びん》の底に忘れられたブドウみたいに干《ひ》からびた笑いだった。それからミミはきっちりと新聞をたたみ、小さな声で言った。

「おまえは間違《まちが》った道を選んだようね、ジョン。わかってるわ、おまえが書いたお話をいくつか読んだから」

「それって……ぼくの持ち物を調べたの？」

「ちらかったベッドのうえに、手帳が放り出してあったのよ。ベッドを整えてあげたんだから、ついでに手帳をのぞくくらいかまわないでしょ。なるほど、《ジャスト・ウィリアム》シリーズ（いたずら好きの少年ウィリアム・ブラウンを主人公にした、リッチマル・クロンプトン作の児童小説シリーズ）に出てくるようなお話を書いてたのね。おまえはあのわんぱく小僧《こぞう》が大好きだから。でもおまえは、ウィリアム・ブラウンとは違《ちが》うわ。がっかりするかもしれないけど。それにあの少年はつまらない人間よ。育ちが悪くて、ずうずうしくて、家族に迷惑《めいわく》ばかりかけている。でもおまえはジョン、ジョン・ウィンストンだわ」

「ひどいじゃないか、勝手に読むなんて」

「じゃあ、おまえはどうなの？　わたしにそんな口の利《き》き方をしていいとでも？」

「勝手に読むのはよくない」

「いいか悪いかはわたしが決めること」

「でも……」

こんなことをたずねたら、敵に弱みを見せることになるのはわかっていたけれど、ぼくはどうしても知りたかった。

「でも……うまく書けてたでしょ？」

「うまいかどうかは問題じゃないわ」

「そうだろうけど、うまく書けてたよね？」

「だから、それはどっちでもいいの」

伯母《おば》さんは語調を荒《あら》らげ、眉《まゆ》をしかめた。おでこのしわが深くなる。

「大事なのは、わたしがおまえを信じているってこと。でもおまえはくだらない本を読んだり、母親の馬鹿話を聞いたりしてる。そんなことでは、しまいに父親みたいになってしまうわ。問題はそこ。でも、そうはわたしがさせません。夢を見てるだけでは、生きていけないのよ、ジョン」

「ぼくは生きていけるさ。夢をかなえることが、ぼくの人生なんだ。伯母《おば》さんの人生はもう終わってるんだから、ぼくがとやかく言うことじゃないさ。でも、ぼくの人生はこれからだ。まだ始まったばかりなんだ」

静かな居間で、ぼくたちはしばしにらみ合った。《どっちが先に目をそらすか》っていうゲームみたいなものだ。たちまちぼくの負けが決まった。このゲームにかけちゃ、ミミ伯母《おば》さんは無敵だからね。伯母《おば》さんは膝《ひざ》をきしませて立ちあがり、椅子《いす》の肘掛《ひじか》けに新聞を置いた。そしてこっちを見むきもせず、こう言いながら居間を出ていった。

「さっそく罰《ばつ》の宿題に取りかかりなさい。夕食前にサインできるように」

ぼくはひとり残された。

伯母《おば》さんと言い争いをしたあとはいつも後悔《こうかい》に打ちのめされ、お腹《なか》が空《す》いて死にそうなときみたいにぐったりと力が抜《ぬ》けてしまう。ぼくはソファにすわりこんだ。窓辺に立って、鏡のむこうの世界を楽しむ気力も残っていなかった。ぼくの目が避難先《ひなんさき》として選んだのは、暖炉《だんろ》のうえに飾《かざ》った額絵の城だった。ペニー・レイン九番地の家にあった荷馬車の絵にはかなわないけれど、目を見ひらいてしばらくじっと眺《なが》めていると、うまくすりゃジャズのメロディーに乗り、塀《へい》のうえで幽霊《ゆうれい》たちが踊《おど》るのが見えてくるかもしれない。

第7章

そこは世界でいちばん好きな場所だ。気分がよければ、まず駆《か》けつける。毛布の下にもぐって本を読んでるときより、頭を駆《か》けめぐる想像がうまく絵に描《か》けたときより、もっと気分がいいときには。それに、ジュリアの腕《うで》に抱《だ》きしめられたときよりも。

今、ジュリアと言ったのは、ママと呼ぶのに慣れていないからだ。本人も、そう呼ばれたくないみたいだし。ジュリアかジュディ、ジュードとかのほうがいいと思ってる。《ママ》だと老《ふ》けた感じがするって言うんだ。どうしてそんなことを言うのか、わからないけど。ジュリアは町中の女の人とくらべても、百倍は若いのに。ミミ伯母《おば》さんとくらべたら千倍若い。それにママって言葉は、ぼくだけのものだ。ほかの言葉はみんなが口にするうち、すり切れてしまう。それでもたまに、ママって呼んでみる。するとジュリアは鼻にしわを寄せてしかめっ面《つら》をし、笑い出す。町で男たちから口笛を吹《ふ》かれたときみたいな照れ笑いだ。ジュリアがびっくりしたときに浮《う》かべる笑《え》みのほうが、ぼくは好きだ。踊《おど》ってるとき、歌ってるときの笑《え》みのほうが。ミミににらみつけられているときの笑《え》みのほうが。ジュリアはいつも笑っている。きっと笑ってさえいれば、なんでも切り抜《ぬ》けられるのだろう。万能《ばんのう》のアーミーナイフってとこかな。ジュリアの笑顔《えがお》を見ると、腕《うで》に抱《だ》かれたときみたいに温かい気持ちになる。でも腕《うで》に抱《だ》かれるのは、しょっちゅうあることじゃない。それは前触《まえぶ》れもなくおとずれる。ちょっと唐突《とうとつ》で、ほんの一瞬《いっしゅん》で終わってしまう。肌《はだ》のぬくもりと昔の思い出にあふれた場所。でも、いちばん好きなところはほかにある。

ぼくがいちばん好きな場所、ぼくの避難所《ひなんじょ》、ぼくの家、それは夢のなかだ。

ぼくはたくさん夢を見る。ひと晩じゅうずっと夢を見ている。昼があんまり長々《ながなが》と続くので、夜になるのが待ち遠しいくらいだ。ジョージ伯父《おじ》さんが玄関《げんかん》ドアのうえに用意してくれた部屋の暗闇《くらやみ》に、早くこもりたい。目を閉じて夢の世界に浸《ひた》れば、黒のむこうに天然色が広がる。

そう、ぼくの夢は天然色だった。いつもそう。黄色や青色が飛び散り、ピンクや緑のくらげみたいな形であふれている。まるでいつまでも消えない花火だ。現実世界では、昼間もすべてが灰色だ。通り、空、小学校の制服、バローズ先生の歯、ミミの微笑《ほほえみ》。今、ぼくが持っているもっとも色鮮《いろあざ》やかなものは、ジュリアがくれたシャツだ。でも友だちと遊ぶのに、決して着ていったりしない。破れたらいやだからね。あのシャツがほんの少しでも灰色に染まる危険は冒《おか》したくないんだ。戸棚《とだな》から取り出し、ベッドのうえに広げるだけで、シャツは天井《てんじょう》まで明るく照らしてくれる。ぼくはしばらく眺《なが》めてまたしまう。それはぼくが持っている、たった一枚の色シャツだ。

夢のなかでは、ほとんどいつも空を飛びまわっている。宙を舞《ま》う小麦の束にまたがっていることもあるけれど、たいていは水のなかを泳ぐように空をすいすい飛んでいる。リヴァプールの町が小さくなればなるほど、ぼくの心は軽くなる。ぼくの住んでいる一角が、とうとう雲に隠《かく》れて見えなくなると、オグレット地区より遠くへ、ダンジョン・レーンのじめじめした川辺より遠くへと空を泳ぎ、太陽へとむかう。ニュージーランドを目指すこともある。そのくそったれな島がどこにあるのかよく知らないけれど、すぐ近くってわけじゃない。だから夢のなかでも、決してたどり着けない。そこまで行くには、長い時間がかかるんだろう。いくつもの夜を、ずっとつなぎ合わせなければならない。そう、天然色の夜が一生ぶん要《い》るだろう。

悪夢のなかでも、ぼくは飛んでいた。危険が迫《せま》ったり、月の犬《ムーンドッグ》が牙《きば》をむいたり（ムーンドッグはビートルズの楽曲『ディグ・ア・ポニー』に出てくる言葉。ジョン・レノンはビートルズ結成前に、ジョニーとムーンドッグズというバンドを組んでいたことがある）、女王がぼくの首をはねようとしたときも、ぼくはばさばさと翼《つばさ》を羽ばたかせ、地上を飛び立った。悪夢のなかでもいちばん怖《こわ》いのは、なにか馬鹿でかいものがあらわれる夢だった。それを下から見あげると、めまいがしてくる。ときには馬だったり、ときには枯《か》れ木だったりしたけれど、その晩は巨大《きょだい》なギターだった。

ぼろぼろの古い屋敷《やしき》のなかだった。だけど気分はよかった。部屋のいたるところにバッグが置いてあった。青いウールのバッグで、口いっぱいまできらめくコインが詰《つ》まっている。何千枚、何万枚もの銀貨は、つかみ取ってくれと言わんばかりだった。ぼくはよく夢のなかのものを、現実世界に持ち帰ろうとする。あっちの世界からこっちの世界に運ぶ方法を探して思案し、知恵《ちえ》を絞《しぼ》る。どうやったらこれを持って鏡を抜《ぬ》けられるだろう？　目を覚ますといつも落胆《らくたん》が待っていたけれど、何度でもまた試《ため》した。今回は銀貨をポケットや靴下《くつした》のなか、帽子《ぼうし》の下、口のなかにまで詰《つ》めこんだ。大丈夫《だいじょうぶ》。きっとうまくいくぞ。靴《くつ》のなかにひと財産詰《つ》めているとき、玄関《げんかん》ドアをノックする音がした。それは彫刻《ちょうこく》をほどこした木のドアだった。ぼくはなるべく銀貨が落っこちないよう気をつけながら、ドアに歩み寄った。ドアをあけると、目の前にでかいギターがあった。たちまち胃がきりきりと締《し》めつけられた。ギターはあまりの大きさに、ネックが空の雲に隠《かく》れるほどだった。ぼくを踏《ふ》みつぶそうとでもいうように、こっちを見おろしている。ぼくは飛び立とうとしたけれど、コインの重みで床《ゆか》から足が離《はな》れない。叫《さけ》び声をあげたくても、銀貨が口に詰《つ》まっていて声が出ない。

ぼくは汗《あせ》びっしょりになって目を覚ました。

すすり泣いているのに、涙《なみだ》はまったく出なかった。これじゃあ、泣きまねでもしているみたいだ。馬鹿だとは思うけど真っ先にしたのは、銀貨をいっしょに持ってこられたか、確かめることだった。でも、一枚もなかった。口のなかに入ってもいないし、しわくちゃの毛布に紛《まぎ》れこんでもいない。心臓が破裂《はれつ》するほど高鳴っているだけだ。いつものように、ぼくはすぐさま現実に戻《もど》った。なにもかも夢だった。夢のなかの出来事なんだ。

巨大《きょだい》なギターなんてどこにもありはしない。隠《かく》された宝物もありはしない。ぼろぼろの屋敷《やしき》もないし、ニュージーランドもない。父さんだっていないんだ。

いるのは自分だけ。

ジュリアとぼくだけ。

夢は終わった。

次をお楽しみに。

口のなかがねばねばする。ぼくは起きて目覚まし時計を見た。もうこんな時間か。学校がある日に寝坊《ねぼう》するのは大好きだけど、今日は違《ちが》う。今日は土曜日。大事な土曜日だ。

ぼくは記録的なスピードで服を着ると、階段を駆《か》け下り始めた。でも、途中《とちゅう》で足を止めた。昨晩のことを、まだ後悔《こうかい》していた。一階には、昨日の気まずい雰囲気《ふんいき》が残っていた。でも、ぼくのほうから謝るなんていやだ。そんなこと、絶対にしないからな。どうせ誰《だれ》も、ぼくに謝りはしないんだし。だからぼくからは謝らない。

でも、そうしたい気持ちはやまやまだった。

キッチンに入ると、ミミはとっくに朝食を終え、布巾《ふきん》を大事そうに棚《たな》に片づけているところだった。ジョージ伯父《おじ》さんはコーヒーカップを前にして、新聞を読んでいる。きっと朝から何杯目《なんばいめ》かのコーヒーだ。ぼくはまだ喉《のど》にコインがひっかかっているみたいに、咳払《せきばら》いをした。ジョージ伯父《おじ》さんはびっくりしたように片方の眉《まゆ》をあげ、ぼくにほんの少し笑いかけると、また新聞のスポーツ欄《らん》に戻《もど》った。サッカーの順位表でリヴァプールFCがニューカッスルを追い越《こ》せそうか、確かめているんだろう。ミミもぼくにちらりと目をやると、またせっせと布巾《ふきん》の片づけを続けた。

「おはよう、ジョン。あらまあ、そのシャツ。ボタンを掛《か》け違《ちが》えてるわよ。どうしたの、そんな顔して？　なにか喉《のど》に詰《つ》まらせたみたいに」

「いや、ただ……」

「なあに？」

外では歩道でも、学校でも、爆撃地区《ボンビー》でも、通りでも、ぼくは決して隙《すき》を見せない。決して感情をあらわさない。通りで感情の扉《とびら》をひらいたら、たちまちみんなが駆《か》けこんできて、死んだも同然になっちまう。でもここ、メンローヴ・アヴェニュー二五一番地では違《ちが》う。ぼくは少し弱みを見せられる。少し、ありのままの自分を。

「まだ怒《おこ》ってるんじゃないかって、心配してるんだ。予定通り今日、ナイジェルやイヴァンといっしょにガーデンパーティーに行くのはだめだって言われるかなって」

緊張感《きんちょうかん》がぐっと高まった。ジョージ伯父《おじ》さんは息をひそめ、新聞ごしにミミのようすをうかがっている。ぼくと同じように、審判《しんぱん》を待っているんだ。ミミは黙《だま》って戸棚《とだな》の扉《とびら》を閉めると、スカートのしわをのばした。舌の先にくっついた髪《かみ》の毛を、とろうとしているみたいだ。それからこっちをふり返り、ゆっくりと近づいてきた。ぼくは馬鹿みたいに笑いながら、伯母《おば》さんの視線に耐《た》えようとした。簡単なことじゃないけれど。やがて伯母《おば》さんは、やさしい声でこう言った。

「間違《まちが》えちゃいけないわ、ジョン。おまえは昨日、罰《ばつ》を受けた。わたしは宿題の紙の下にサインをした。あとのことは、ただの言葉にすぎない。そんなものはひと晩たてば、きれいさっぱり消え去ってしまう。それでおしまい。今日はまた、新しい一日が始まるのよ。だいいち、おまえの口八丁《くちはっちょう》がなかったら、パーティーで出すレモネードの売りあげが悲惨《ひさん》なことになっちゃうでしょ」

ジョージ伯父《おじ》さんはにやっと口もとに笑《え》みを浮《う》かべ、また新聞を読み始めた。ぼくの胸は感謝でいっぱいだった。そしてまた、ミミ伯母《おば》さんを腕《うで》に抱《だ》きしめたくなった。ミミにもそれはわかっていた。待っているんだ。でも、ぼくはしないだろう。決してしない。伯母《おば》さんはそれもわかっている。ミミ伯母《おば》さんはそっとぼくの髪《かみ》をなおした。自分ではやさしげにやっているつもりで。でもぼくは、伯母《おば》さんの手が肌《はだ》に触《ふ》れるのがちょっと嫌《いや》だった。だから思わず頭をうしろに引いた。伯母《おば》さんは気づかないふりをして、ぼくに微笑《ほほえ》みかけた。心から笑っているみたいに。ぼくはそれを受け入れた。盗《ぬす》み取ったんじゃない。だって伯母《おば》さんが、自分からくれたのだから。

「ぼく……」

「もう行きなさい。遅《おく》れるわよ」

廊下《ろうか》に駆《か》けていこうとしたとき、伯母《おば》さんの声が呼びとめた。

「ジョン・ウィンストン、行く前にせめて歯磨《はみが》きくらいしてきなさい。さもないと、顔を合わせたお客さんが気を失っちゃうわよ」

ぼくはとっておきのしかめっ面《つら》をして見せ、部屋を飛び出した。

鏡のこっち側の世界では、遅《おく》れそうになったら空を飛ばずに走り出す。だからぼくも走った。でもガーデンパーティーに加わるには、そんなにたくさん走るまでもない。

ミミ伯母《おば》さんの家からほんの五分とかからず、ストロベリーフィールズに着くのだから。

第8章

どうしてかはわからないけれど、自分の家みたいに感じられる場所がある。まるでぼくらのためだけに存在しているような場所、目をむけたときだけそこにあるような場所、ぼくらをじっと待ちかまえて姿をあらわすような場所が。ジュリアにとっては海が、そういう場所なんだそうだ。海を眺《なが》めると、友だちに再会したような気がするとジュリアは言っていた。波の音を響《ひび》かせて、迎《むか》え入れてくれる友だちに。大海が風に乗せて送り届ける塩で胸をいっぱいにし、ジュリアは腕《うで》を広げておじぎをする。ぼくは海を見ても、やわらかな繭《まゆ》のなかに帰る感じはあまりしないけれど。

そのかわりぼくには、ストロベリーフィールズがそんな場所だった。

彫刻《ちょうこく》をほどこした正門の大きな鉄柵《てっさく》の前に立つと、胸にわだかまる重苦しさがすっと消えるような気がした。お酢《ヴィネガー》が詰《つ》まった風船を呑《の》みこんだみたいに、いつでもぼくは胃のあたりがずっしりと重かった。でも鉄柵《てっさく》の扉《とびら》に手をあてると、重苦しさは消えた。扉《とびら》のむこうは、海のようにひろい庭だった。庭にはお城がたっている。そこは戦争孤児《こじ》を受け入れる、救世軍（キリスト教のプロテスタントの一派で、社会事業を重んじる）の施設《しせつ》だった。ぼくの父さんはたぶんまだ生きているし、母さんも死んじゃいない。ミミ伯母《おば》さんの家に帰るたび、ぼくのなかから失われてしまうけれど。だからぼくは本当の孤児《こじ》ではないし、ここは本来ぼくのいるべき場所じゃない。やれやれ。でもぼくは、友だちとここに来るのが好きだ。胃のなかのお酢《ヴィネガー》があふれ出しそうになると、ひとりでここをふらつくのも好きだ。でも、今日はひとりじゃない。今日はガーデンパーティーの日だから。孤児《こじ》たちの靴下《くつした》があんまり穴だらけになったり、配給のチケットが不足がちになったりすると、救世軍はガーデンパーティーを大々的《だいだいてき》に催《もよお》し、集まったお金はすべて、子供たちがもう少し快適に暮らせるための資金にあてられた。ぼくにはミミとジョージがいる。はっきり言えば、ぼくは恵《めぐ》まれてるってことだ。穴のあいた靴下《くつした》なんか、はいてないからね。でも胸にあいた穴は、お金じゃどうにもならない。

ぼくはパーティーが好きだけれど、あんまりしょっちゅう行くわけじゃない。ぼくが特に好きなのは、庭や屋敷《やしき》で催《もよお》される《ドゥ》って呼ばれるパーティーだ。この町の住民は歌や笑いで雲を晴らしたいと思うと、友だちや親戚《しんせき》を招待する。引き出しのなかまで人であふれ返り、飲めや歌えの大騒《おおさわ》ぎをする。レコードもがんがんかけ、ピアノやギターを演奏する招待客もいる。《ドゥ》は一日中続き、盛会ならその音はスピーク公園や港のドックまで聞こえる。大西洋を越《こ》えて、アメリカまでだって。でも《ドゥ》は、ミミ伯母《おば》さんの趣味《しゅみ》ではなさそうだ。伯母《おば》さんたちの家っていうのはぼくが住んでいる家でもあるけれど、あそこではみんな、あんまりやかましくない年よりむきの歌を口ずさむ。友だちをひと部屋に集めたら、トイレのなかまであふれてしまう。ぼくは一度、《ドゥ》に行ったことがある。友だちのピートの家でやったパーティーで、本当にすごかったな。最後はみんな酔《よ》っぱらって音楽どころじゃなくなり、フォックストロット（アメリカで流行した社交ダンスの一種）のダンス大会は、ボクシング地方選手権になっちゃったけどね。

それはともかく、ぼくはパーティーが好きだった。もちろん、ガーデンパーティーも。そこでは陽気なひとときが、灰色にくすんだ町の雰囲気《ふんいき》を払《はら》いのける。しょっちゅうあることじゃないけれど。

だからストロベリーフィールズが好きなんだ。

鉄柵《てっさく》の門を抜《ぬ》けて庭の真ん中へむかいながら、ぼくはその日もまた思った。どうしてここは、いちご畑《ストロベリーフィールズ》と呼ばれているんだろう？　いちご《ストロベリー》がなっているところなんか、一度も見たことがないのに。残念だな、ぼくはいちごが大好きなんだ。

いたるところ、色とりどりの飾《かざ》りや演壇《えんだん》、音楽や笑い声にあふれている。外はリヴァプールだけど、内側はまるでサーカスだ。ぼくのサーカス。ナイジェルとイヴァンはもう商品を並べた台のうしろにいた。台の脚《あし》は瓶入《びんい》りレモネードの重みでたわんでいる。ぼくたちのミッション、それはレモネードをできるだけたくさん売ることだった。見事完売したら、救世軍のいかついおばさんたちから、ささやかなプレゼントがもらえる。子供だましのプレゼントなんかどうでもいいけれど、悪い気はしないさ。ナイジェルはぼくを見ると、手で大きく合図した。

「ようやくお出ましかい。いつも遅刻《ちこく》だな、ジョニー。今回はどんな言いわけだ？　イカレ帽子屋《ぼうしや》とお茶を飲んでたとか？」

「いいや、サルや冷たい七面鳥《コールド・ターキー》と駆《か》けっこしてたんだ。かろうじてぼくの勝ちだったけどね」

「そいつはオメデトウ、ジョニー……さあ、仕事にかかるぞ」

イヴァンはうわの空でぼくに手をふった。彼《かれ》は不機嫌《ふきげん》そうな顔をしていた。そもそもイヴァンは、ほとんどいつも不機嫌《ふきげん》だった。ナイジェルとイヴァンは、二人とも両親がそろっている。ぼくはあいつらをうらやんでもいいはずなのに、べつにうらやましくはなかった。昔はぼくも両親と暮らしていた。でも、今はもう違《ちが》う。それでもなんにもないほうが、ほとんどなんにもないほうが、本当の家族がいるあいつらよりましさ。あいつらのうちは、ろくでもない。すぐにげんこつが飛んでくるし、冷めたスープの臭《にお》いがする。愛情なんて、バローズ先生の頭の毛ほどしかない。あいつらの親は人間じゃなく、操《あやつ》り人形だ。自分たちを吊《つ》っている糸をもつれさせては、それをほかのみんなのせいにしている。しまいには、人形つかいにまで不満たらたらなんだろう。でもミミ伯母《おば》さんとジョージ伯父《おじ》さんは人間だし、ジュリアも人間だ。ぼくはそんな人間たちのあいだに穴を掘《ほ》り、そのなかで生きている。いつも暖かいわけじゃないけれど、ぼくの穴だ。

レモネードを売るとき、ぼくには二つの役目がある。ひとつはぼくたちみたいな悪ガキがケースの中身を盗《ぬす》まないよう、見張っていること。庭の外に出れば、ぼくたちだって悪ガキだ。仲間とつるんでお店で万引きするのは、お気に入りのスポーツみたいなものだった。盗《ぬす》むのはポケットに貼《は》りついて取れなくなる揚《あ》げクッキーやなにかで、高価なものには手を出さない。飴玉《あめだま》ひとつ、布製のワッペン二枚、キャラメル三つ、そんなもんだ。大事なのは、戦利品に手が触《ふ》れる瞬間《しゅんかん》のスリルってわけ。でも今日、この庭では話が違《ちが》う。ぼくたちは信用されているんだし、孤児《こじ》たちからものを盗《ぬす》むなんてとんでもない。孤児《こじ》はただでさえ、いろんなものを奪《うば》われているんだから。だから悪ガキどもには、よそで活躍《かつやく》してもらうさ。どこか遠くでね。例えば、ニュージーランドとか。

もうひとつの役目は、場を盛りあげること。副官二人の顔つきからして、とりわけ今日はそれが重要そうだ。

「じゃあ、きみたち、本日のルール。ふつうにしゃべっちゃいけない。《ジャバウォックの詩》みたいに話すんだ」

イヴァンは小熊《こぐま》そっくりのおじさんに釣銭《つりせん》を渡《わた》しながら、顔をしかめた。

「なんだい、またかよ！」

「ああ、またさ。楽しいぞ」

「どうしていつもおまえが、ゲームの規則を決めるんだ？」

「ぼくの眼鏡《めがね》がいちばん分厚いからさ。それに脳味噌《のうみそ》がいちばん詰《つ》まってて、チンポコがいちばんでかいから。たしかめてみるか？」

「冗談《じょうだん》じゃない。お客がみんな逃《に》げ出しちまうぞ。じゃあ、《ジャバウォックの詩》で行こう……」

ナイジェルとイヴァンは『鏡の国のアリス』に出てくるあの詩を読んだことがない。ぼくは何度となく読み返しているけれど。だから二人が知っているジャバウォック語は、みんなぼくから聞いたものだ。ぼくにはそれが自慢《じまん》だった。

家族づれがこっちにやってきた。そろいもそろって全員が、豚《ぶた》みたいな鼻をしてる。ぼくはさっそく攻撃《こうげき》を開始した。

「いらいらしなさいませ、おかくさん。なんごぼん、さじあれますか?」

メスの子豚《こぶた》たちがどっと笑った。パパ豚《ぶた》は訊《き》き返そうとしたけれど、ママ豚《ぶた》はわかったらしい。けれどもどう答えたらいいのかわからず、黙《だま》って指を四本あげた。ナイジェルも調子にのって、ゲームに加わった。

「どうもうありがごうとざいます。よんびんでずれ」

ブウブウ一家はお金を払《はら》い、レモネードを飲みながら笑って遠ざかっていった。こいつら、なんて馬鹿なんだろうって顔で、イヴァンはぼくたちを眺《なが》めながら言った。

「おまえら本当に盗《ぬす》っ人《と》ボロゴーヴだな」

「そういうおまえこそ、ふぬけジャブジャブじゃないか」(ボロゴーヴもジャブジャブも、「ジャバウォックの詩」に出てくる架空《かくう》の動物)

でたらめ言葉とレモネード。そんな愉快《ゆかい》な一日が、ゆったりと過ぎていった。太陽も調子は上々《じょうじょう》だ。けれどそろそろ遅《おそ》いので、ラストスパートをかけようと思い始めていただろう。そのときマイクでアナウンスがあった。

「親愛なる友人のみなさん、今日の集《つど》いをめでたくしめくくり、みなさんのお心づかいに感謝したいと思います。つきましては、中央舞台《ぶたい》の前にお集まりください。これよりジルバ大会を開催《かいさい》いたします」

いっきに胸が沸《わ》き立った。ジルバ大会だって！　男も女も踊《おど》り上手たちが、リンディやジャイヴのリズムに乗って対決するんだ。ぼくは世界一うまいジャイヴのダンサーを知っている。彼女《かのじょ》は赤毛で、ヴェラ・リン（イギリスの歌手、女優）みたいに歌う。

「行くか？」ナイジェルがぽんと背中を叩《たた》いた。

「もちろんさ！　どうせもう、二瓶《びん》しか残っていないんだ。ゴー！」

舞台《ぶたい》の前に着くと、大会はもう始まっていた。思ったとおり、ジュリアがいた。みんなの視線を一身に集めている。ジュリアは踊《おど》っているんじゃない、夜風のなかを滑《すべ》っているんだ。腰《こし》がうねっている。波が彼女《かのじょ》ひとりのために歌っているように、彼女《かのじょ》はぼくひとりのために踊《おど》っている。わかってるさ。たとえぼくが見えなくても、ぼくのために踊《おど》っているんだ。ジュリアは目を閉じて踊《おど》っていた。微笑《ほほえ》みが夕陽《ゆうひ》を照らしている。ジュリアにくらべたら、ほかの出場者なんてしなびたズッキーニだ。大会が続いているあいだ、ぼくは息もできないくらいだった。ナイジェルとイヴァンも目に入っていなかった。あいつら、ぼくを面白そうに眺《なが》め、ジュリアのことは賞賛の眼《まな》ざしで見つめていた。ぼくには観客の拍手《はくしゅ》も聞こえていなかった。音楽も聞こえていなかった。ジュリアの足や腰《こし》、皮肉っぽい笑《え》み、激しく揺《ゆ》れる髪《かみ》、輝《かがや》く魂《たましい》しか見えなかった。やがて彼女《かのじょ》は動きを止めた。そしてぼくはようやくひと息つき、唾《つば》を飲みこんだ。マイクで結果が発表された。ぼくは興奮のあまり頭が痺《しび》れ、よく聞き取れなかったけれど、ジュリアの名前ははっきりわかった。彼女《かのじょ》はやったとばかりに両手をふりあげ、差し出されたバラの花束を受け取った。ジュリアの優勝だ。決まってるじゃないか。

ジュリアが舞台《ぶたい》から降りてきたとき、立ちすくんでいた足がようやく動いた。ぼくは誇《ほこ》りで胸をいっぱいにし、彼女《かのじょ》の首に抱《だ》きつこうと身がまえた。

でもぼくは、一メートルと動けなかった。

ぼくは惨《みじ》めな現実を、顔面に叩《たた》きつけられた。まるで起き抜《ぬ》けにびんたを喰《く》らうみたいに。

舞台《ぶたい》から降りるや、ジュリアは別な男の腕《うで》に飛びこみ、みんなの面前で熱烈《ねつれつ》なキスをした。男はぴっちりした花柄《はながら》のドレスごしに、彼女《かのじょ》のお尻《しり》を撫《な》でている。さっき時間を止めた女神《めがみ》は、もうそこにはいなかった。ジュリアはもう、ぼくの母さんではなかった。あの瞬間《しゅんかん》、彼女《かのじょ》はあいつのものだった。あの能なしゲス野郎《やろう》のもの。

けいれん野郎《トゥイッチ》のものなんだ。

これが夢のなかだったら、ぼくは空に飛びあがっていただろう。でも、鏡のこちら側では、そんな芸当《げいとう》できやしない。

だからぼくは、涙《なみだ》をこらえて逃《に》げ出した。二人の友だちをしたがえて、ストロベリーフィールズから出ていった。現実のものなんか、なにひとつない場所から。でも、あのキスだけは別だった。それはぼくの瞼《まぶた》の裏で、まだ激しく暴れまわっていた。頭が破裂《はれつ》しそうなほど。

第9章

飛び立つことはできなかったけれど、ぼくはできるだけ高いところへ行った。すべてを見おろせはしないけれど、さっきよりは雲に近づけた。リンゴの木の、いちばん高い枝だ。その木はぼくのものじゃない。どうせぼくのものなんか、なにひとつないんだし。ミミとジョージの家には、小さな裏庭がある。とてもきれいに整っていて、小さな木も何本か生えている。庭とも呼べないちっぽけな空地で、両隣《りょうどなり》の家にも同じような小庭があった。左の芝生《しばふ》にすわるのは医者のケツで、右側は弁護士のケツだった。その二つにはさまれて、ぼくのケツが芝生《しばふ》のうえをころげまわる。ジョージ伯父《おじ》さんは折りたたみ椅子《いす》にすわるけど、ミミはほとんど腰《こし》をおろさない。やらなきゃならないことが、年中あるからね。伯母《おば》さんがぼくを建築家か獣医《じゅうい》にさせようなんて思いついたのは、お隣《となり》さんのせいに違《ちが》いない。あんなにきれいな芝生《しばふ》にお尻《しり》を乗せるには、ひとかどの人物でなくてはと思ったんだ。あの芝生《しばふ》は画家や詩人みたいな、やくざな連中がすわるところじゃないって。だからぼくはものごころつくと、さっそく町の木を探してのぼるようになった。あたりまえだろ。

今日、のぼったのは、持ち主のマクビー爺《じい》さんと同じくらい老いぼれたリンゴの木だった。マクビー爺《じい》さんはがりがりに痩《や》せて、いつもハンチングをかぶってる。歯は一本もないかわりに、耳のなかは毛がもじゃもじゃだ。この木のことはみんなが知っている。なんたって簡単に、リンゴの実を盗《ぬす》めるんだ。爺《じい》さんはもちろん大声で怒鳴《どな》るけど、走る速さはカタツムリなみだからね。

そこはぼくたちのお気に入りの場所だった。イヴァンとナイジェルも、ぼくのあとを追ってきた。あいつらが、木の下でためらっているのが見える。とくにイヴァンは、高いところが苦手だからな。枝を二本のぼっただけで、もうジョージ伯父《おじ》さんの下着みたいに真っ青になり、焼いた脂身《ラード》みたいに脂汗《あぶらあせ》がにじんでくる。それでもイヴァンは木にのぼった。この町で弱みを見せるのは、死刑《しけい》を宣告されるようなものだから。ここでは、タフでなくちゃ生きていけないんだ。港のドックやマージー川の岸辺を埋《う》めつくすカモメの糞《ふん》あつかいされる。イヴァンは高所恐怖症《きょうふしょう》で、ナイジェルは暗闇《くらやみ》が怖《こわ》い。でもって、ぼくの弱点は眼鏡《めがね》だ。いつもちゃんとかけてなさいって、ミミには言われてる。さもないと車にひかれるか、川に落っこちちゃうわよって。たぶん、そのとおりなんだろう。でもぼくは、しょっちゅう眼鏡《めがね》をはずしてた。眼鏡《めがね》をかけてるとママっ子っていうか、ひ弱そうに見えるから。だから眼鏡《めがね》ははずして、まわりの音をたよりに歩いた。目が見えない人は、耳がよくなるっていうだろ。ふつうなら気づかないような音も、聞き分けられるようになるって。なるほど。ぼくもおんなじだ。もちろん、しょっちゅう柱に鼻をぶつけたけれど。まあ、しかたないさ。リヴァプールじゃ、眼鏡《めがね》はポケットに入れておくのが無難だ。一か月前、ぼくはクラス写真を家に持って帰った。ミミはさっそく、ぼくが眼鏡《めがね》をかけていないのに気づいた。去年もその前も、クラス写真はずっとそうだった。ミミ伯母《おば》さんはため息をつき、くどくどと小言を言った。

「ジョン、どうして眼鏡《めがね》をかけなかったの？」

「だって女の子みたいじゃないか」

「男の子と女の子の違《ちが》いは鼻のうえじゃなく、もっと下のほうにあるのよ。最新の科学研究によるとね。絵を描《か》いて説明して欲しい？」

「絵を描《か》くなんて、時間の無駄《むだ》なんだろ。ついでに詩も書いたらどう？」

「話をそらさないで。わかってるでしょ。ほら見て、ローリーはちゃんと眼鏡《めがね》をかけて写ってるじゃない」

「ローリーなんて弱虫毛虫さ。蝶々《ちょうちょう》が飛んできただけで、ぴいぴい泣き出すんだ」

「おまえには眼鏡《めがね》が必要なのよ、ジョン」

「いいや、ぼくにはほかに要《い》るものがある。眼鏡《めがね》なんてくそくらえだ！」

「言葉をつつしみなさい」

「じゃあ、こう言おうか。眼鏡《めがね》なんて知ったことじゃない」

「大して変わらないわよ」

「眼鏡《めがね》は要《い》らない」

「そう？　だったらなにが要《い》るの？　なにが足りないっていうの？」

ソファのうえから歌声を披露《ひろう》する、町いちばんの女性シンガーと、もう少しいっしょにいたいんだ。そう答えてもよかった。ニュージーランド行きの切符《きっぷ》が欲しい。むこうはここよりましかもしれないからって答えてもいい。でもぼくはなにも言わず、眼鏡《めがね》をはずして上着のポケットに入れると、馬鹿みたいに顔をしかめて自分の部屋にあがった。ぎりぎりセーフ。泣いてるところを誰《だれ》にも見られたくない。それにいつものとおり、誰《だれ》も涙《なみだ》を拭《ふ》きに来てはくれなかった。めそめそ流す涙《なみだ》なんて、眼鏡《めがね》よりカッコ悪い。

ナイジェルとイヴァンも、ぼくのいるあたりまで木をのぼってきた。イヴァンは迷っているみたいだった。すぐ脇《わき》の枝にいる友だちの頭上で、このまま気絶するほうがいいか、泣きべそをかくほうがいいかってね。ぼくは余裕《よゆう》があるところを見せようと、うえのリンゴをもぎ取ろうとした。リンゴはすぐ近くにあって、もう少しで手が届きそうだった。だからって、届いたわけじゃない。いくら腕《うで》を伸《の》ばしても、いちばん立派なリンゴの実まであと数ミリなんて、こんなに腹立つことはない。リンゴはあそこで揺《ゆ》れている。間違《まちが》いなく、世界一おいしいリンゴだ。だからぼくは爪先立《つまさきだ》ちして葉っぱをつかみ、まわりの枝を揺《ゆ》らして実を落とそうとした。リンゴがゆらゆらし始めたとき、ナイジェルの姿が見えた。あいつめ、反対側から猿《さる》みたいにするすると木をのぼり、早くも長い腕《うで》を禁断の果実に近づけた。ぼくはあえぐように言った。

「やめろ!　ぼくが先に見つけたんだ!」

ナイジェルは歯をむき出してにやりと笑い、怒《ど》鳴《な》り返した。

「だったらじゃましてみろ、ノータリン」

ぼくは左の枝にあった腐《くさ》れリンゴをつかみ、力いっぱい投げつけた。けれどもナイジェルはするりとかわし、リンゴはイヴァンの額を直撃《ちょくげき》した。イヴァンは危《あや》うくうしろに倒《たお》れかけ、子豚《こぶた》みたいな声をあげながら目を閉じて、なんとか幹にしがみついた。そのあいだにもナイジェルは、今日いちばんのリンゴをもいで、ぼくの枝までおりてきた。そしてぼくが抗議《こうぎ》する間もなく、リンゴを袖《そで》できゅっきゅとこすり、ぼくに差し出した。

「ほら、兄弟、おまえのだ」

そんなこと言われたら、こっちはどうすりゃいいんだ？　殴《なぐ》る？　それとも抱《だ》きしめる？　けっきょく、どっちでもなかった。ぼくはただ、にっこりした。ナイジェルにはいつでも、ぼくをなだめる力があった。あいつはいつでもそばにいて、ぼくの怒《いか》りがあふれ出すのを抑《おさ》えてくれた。あいつがいなかったら、町はぼくの怒《いか》りで埋《うず》もれてしまうだろう。ぼくの爆発《ばくはつ》を止めること、それがこの星でナイジェルに課された使命なんだ。あいつがずっと、その役目を果たしてくれるといいけれど。でないと先が思いやられるからね。ぼくにはナイジェルが必要なんだ。さもなきゃ、あいつみたいな誰《だれ》かが。そばでなだめてくれる人が、正直言えば眼鏡《めがね》と同じくらい必要なんだ。もっとくっきりものが見えるように。

ぼくはリンゴを半分食べた。酸《す》っぱくて、見ただけでお腹《なか》をくだしそうなリンゴだったけれど、こんなに甘美《かんび》なくだものをぼくは食べたことがない。なんとも言えない味わい、それは友情の味だ。めったにない貴重な果実。ぼくは残り半分をナイジェルにあげ、やつが青リンゴをかじる音を聞いていた。ナイジェルは残った芯《しん》を投げ捨てると、しばらくじっと黙《だま》っていたが、やがて小声でこうたずねた。

「あんちくしょう、何者なんだ？」

「あんちくしょうって？」

「とぼけるなよ、ジョニー。おまえの母さんにキスをしてた男さ」

ぼくの心臓を枕《まくら》がわりにしていつも眠《ねむ》っている小さなドラゴンの爪《つめ》に、胸を掻《か》き乱された。ぼくは唾《つば》を吐《は》き出し、うめくように言った。

「ダイキンズっていうんだ。ロバート・ダイキンズ。でもみんな、けいれん野郎《トウィッチ》って呼んでる。母さんだけは、《ベイビー》なんて言ってるけどな」

「ジュリアの恋人《こいびと》なのか？」

「ああ、ジュリアこそ眼鏡《めがね》をかけるべきだよ」

「手きびしいな。そんなに不細工じゃなかったけど」

「そりゃおまえの目がいくらまともだとしても、あいつの外面《そとづら》しか見てないからさ。中身はさっきのリンゴより腐《くさ》ったやつなんだ。どうしてジュリアがあんなクズとくっついたのか、ぼくにはさっぱりわからない。というか、むしろ話は簡単なんだ。あの馬鹿、配給品の方面に顔が利《き》く。そうやってジュリアに取り入ったのさ」

「配給品の方面って?」

「つまりチョコレートや煙草《たばこ》を、たらふく手に入れられるってことさ。それにお酒も、ふんだんに。ゴーモン座の近くにあるバーで、ソムリエをしてるからね。店主が目を離《はな》した隙《すき》に、きっと自分でもこっそり飲んでるんだ」

「あいつが嫌《きら》いなのか?」

「おまえにはなにも隠《かく》せないな、アインシュタイン。でもまあ、お互《たが》い様さ。だからそれでいいんだ」

「ジュリアといっしょに暮らしてるんだろ?」

ドラゴンの爪《つめ》がぼくのはらわたを引っ搔《か》きまわし、心臓がばくばくした。

「ああ、赤の他人のくせして、ずっとジュリアといられる。血のつながった息子《むすこ》のぼくが、めったに会えないっていうのに」

「何日おきに会いに行ってるんだ？」

爪《つめ》はぼくの胃に襲《おそ》いかかり、ずたずたに引き裂《さ》いた。

「ほとんど行けないんだ。でも、ぼくのせいじゃない」

「じゃあ、誰《だれ》のせい？」

胃の次には喉《のど》に来て、ぼくは息も絶え絶えだった。

「まずはミミ伯母《おば》さんかな。社会福祉《ふくし》事務所に電話して、ジュリアのうちが大変だって訴《うった》えたのは、伯母《おば》さんだから。たしかに父さんが出てってから、ジュリアはすっかりおかしくなっちゃったから。家にいるときは馬鹿をやって、こっちは頭が変になりそうだったし、いなけりゃぼくはひとりぼっちで、どうなっちゃうかわからない。子供に子供は育てられないのよって、伯母《おば》さんは職員に言ったんだ。あの母親といっしょにさせておくのはとんでもない、ジュリアと暮らすなんて、ロンドン塔《とう》のてっぺんからパラシュートなしで飛びおりるようなものだって。それにトウィッチもひどいんだ。あいつはぼくの臭《にお》いも嗅《か》ぎたくないのさ。あいつにとっちゃぼくなんか、ゴキブリ同然なんだろう。あたりの空気を汚《けが》す毒ガスなんだ。ぼくがジュリアの家にちょっとでも足を踏《ふ》み入れたら、かび臭《くさ》いゲス野郎《やろう》の生活が乱されるって。ぼくがちっちゃなスプーンをまわしただけで、家に火をつけられるんじゃないかって顔をする。ぼくがふうっと息をすれば、まるであのいやったらしい髪《かみ》に突風《とっぷう》を吹《ふ》きかけられたみたいに思うんだろう。やつにとって、ぼくはウイルス、ペスト菌《きん》、ドブネズミだ。だからでっかいネズミ捕《と》りがないかって、ひたすら期待してる。チーズを餌《えさ》にしてぼくをおびき寄せ、捕《つか》まえたら丸太で叩《たた》きのめそうってわけなんだ」

「でも……」

「でも、なんだ？」

「お母さんはあいつになにも言わないのか？」

爪《つめ》は舌にもぐさりと食いこんだので、答えるまでに少し時間がかかった。

「ああ」

「だったらお母さんも、ちょっとは悪いんじゃないか？」

考える間もなく、ひとりでに手が動いていた。ぼくの拳《こぶし》がナイジェルの鼻を直撃《ちょくげき》した。ナイジェルはびっくりしたのと痛いので、枝から枝へと滑《すべ》り落ち、四メートル下の地面に尻《しり》もちをついた。そしてうめき声をあげながら起きあがり、左手で鼻を、右手でお尻《しり》をさすった。ぼくは心底悪かったと思い、ナイジェルのところまで降りていって肩《かた》に手をかけた。けれども、謝っている暇《ひま》はなかった。マクビー爺《じい》さんが耳毛、鼻水、クリケットのバットという完全装備で、小屋から飛び出してきたから。爺《じい》さんは最後に一本残った歯まで抜《ぬ》け落ちそうな勢いで、なにやら怒鳴《どな》り散らしていた。ぼくとナイジェルは大笑いしながら走り去った。もうろくじじいから逃《に》げ切るのに、二十メートルとかからなかった。スピードを落としてふり返り、またひとしきり大笑いした。

爺《じい》さんのうしろには、木の幹にへばりつく奇妙《きみょう》な果実が見えた。イヴァンに瓜二《うりふた》つの大きな実。

でも、いつものイヴァンより真っ青だった。

第10章

いったいいつジュリアの家に行けるのか、ぼくにはよくわからなかった。決めるのはいつもミミ伯母《おば》さんだ。わかっているのは、めったに行けないということだけ。ぼくの目からすれば、まったく行けないも同じだ。けれどもついこのあいだ、ひとつ気づいたことがあった。母さんの家とミミの家じゃ、十一キロしか離《はな》れていなかったんだ。初めてミミの家に連れてこられたとき、ぼくは四歳《さい》くらいだったろう。だからジュリアの家はぼくが出ていくとすぐ、どこかに走り去ってしまうのだと思っていた。ニュージーランドのほうに、するすると滑《すべ》っていくのだろうと。曲がりくねった長い道をたどり、ときには迷子《まいご》になったりしながら、途中《とちゅう》ありとあらゆる不思議な生き物を拾い集めて、また道を引き返してくるのだろうと。家は疲《つか》れきって途方《とほう》に暮れ、リヴァプールに戻《もど》ってぼくとひと休みし、次の出発に備えているのだろうと。家が戻《もど》ってくるのを心待ちにしているぼくにとって、それはいつまでも終わらない長い旅だった。ママをなかに入れたまま、行方《ゆくえ》知れずになってしまうのではないかといつも心配だった。でも、そうじゃなかった。ジュリアの家は動いたりしない。灰色にくすんで、この町の家がみんなそうであるように、湿《しめ》った煙草《たばこ》の臭《にお》いがした。

十一キロ。

ときめく心がひとっ飛びする距離《きょり》だ。

最近になって、ほかにもわかったことがある。ジュリアの家に行くのに、とっても効果的な方法があるってことをね。伯母《おば》さんと喧嘩《けんか》をすればいい。そうしたらたいてい、ちょっとジュリアの家に行きなさいって話になる。ささいな口論なら、土曜日をジュリアの家で過ごせる。大喧嘩《おおげんか》なら、一泊《ぱく》二日で週末を。ぼくはジュリアの家で過ごす夜が好きだった。伯母《おば》さんの家があるメンローヴ・アヴェニューとは、匂《にお》いが違《ちが》うんだ。ジュリアの家の夜は、ガチョウの羽毛の香りがする。眠《ねむ》りにつくとき、隣《となり》の部屋からハミングが聞こえる。星屑《ほしくず》がきらめき、風が柳《やなぎ》を揺《ゆ》らし、母さんの髪《かみ》が炎《ほのお》のように輝《かがや》く。

あの家で過ごす夜は、なにものにもかえがたい。

ぼくは自力でそれを手に入れた。

まずは火薬に火をつけるマッチを見つけなくては。でもこれが、ひと苦労なんだ。ミミ伯母《おば》さんは、ちょっとやそっとのことでは動じないからな。神様はミミを鉄とコンクリート、冷静と堅固《けんご》を混ぜ合わせて作ったんだろう。ひと言もしゃべらないで、ぼくの友だちを縮みあがらせるほどだ。伯母《おば》さんが片方の眉《まゆ》をきゅっと吊《つ》りあげただけで、みんなまっ赤になり、炭火にあぶられた蛆《うじ》みたいに身もだえする。でも、伯母《おば》さんが怒《いか》りでわれを忘れることはめったにない。そうしむけるには、こつを心得てなくちゃ。このぼくもあれこれやってはみるけれど、いつもうまくいくとは限らない。だけど試《ため》してみる価値はあるさ。

家に帰ってくると、ぼくはばたんと音を立ててドアを閉め、ばたばたと足音をたてた。出だしは上々《じょうじょう》。ミミはおかしそうに、新聞から顔をあげた。

「ずいぶんやかましいご帰還《きかん》ね。どうかしたの、ジョン？」

「うん、新しいディンキーが欲しいんだ」

「あのミニカーのこと？　おまえがいつも散らかしっぱなしにしてる？　もう四つも持ってるじゃ

ない。それに近ごろは、あれであんまり遊んでないようだけど」

「今あるやつは、イカしてないからさ。昔の型なんだ」

「そうじゃないでしょ、ジョン。おもちゃで遊ばなくなったのは、おかしなお話を書いたり、気味の悪い人の絵を描《か》いたり、友だちとあちこちほっつき歩いているから。おもちゃは新品同様じゃないの」

「ディンキーが欲しい！」

ぼくの大声に驚《おどろ》いて、猫《ねこ》が一目散に逃《に》げ出した。ミミは手の平で髪《かみ》をなおした。

「おまえはなにが欲しいなんて、わがままを言える立場じゃないのよ。このあいだ学校で、罰《ばっ》を喰《く》らったばかりなんだから、なおさらだわ」

「罰《ばっ》って？」

「とぼけるのはやめなさい」

「とぼけてなんかいないさ。すぐ忘れちゃうんだ」

「都合の悪いことは、なんでも忘れるのね。ほら、授業中に描《か》いた絵を、こっそりみんなにまわしたでしょ」

「どの絵のこと？」

「あらまあ、じゃあ何枚もあるの？　盲導犬《もうどうけん》に引かれた国王陛下が、湖の真ん中に掘《ほ》られた落とし穴にむかっていく絵よ」

「あれは湖じゃない。海さ。ともかくディンキーが欲しいんだ」

「わたしはおまえの算数の点数が、人並みに戻《もど》って欲しいわね」

ぼくはこの機を逃《のが》さず、いっきに爆発《ばくはつ》した。ばたばたと手足をふりまわし、喉《のど》の奥《おく》を紙やすりでこすられてるみたいに声の限りに叫《さけ》んだ。

「ぼくはアーティストだ、アーティストなんだ！　算数の話でうんざりさせないでくれよ！　算数なんて、なんの役にもたちゃしない。そんなもの勉強したって、ハゲになるだけだ。原子爆弾《ばくだん》を作ったり、自分じゃ歩けもしない距離《きょり》を測ったりできるようになるだけだ。算数なんてくそくらえ！　学校なんてくそくらえ！　ああ、息が詰《つ》まる。やってられないよ」

「ジョン、おまえは……」

「くたばれ、算数！　くたばれ、学校！　くたばれ、先生！　みんな、首をちょんぎっちゃえ！　くたばれええええ！」

こんな調子で一、二時間やってたら、ミミはとうとう自分もひと休みしたくなった。

やったぜ、ぼくの勝ちだ。

そんなこんなでぼくたちは今、ジュリアの家にむかっている。十一キロ。あっちの方向へそれだけ行くのは、けっこう長い道のりだ。ミミの家に帰るのは、日曜の夜。《ぼくの家》とは言わない。ミミはそう呼んで欲しいだろう。でも、ぼくは絶対にいやだ。そんなの、あまりに安易じゃないか。大人たちは《ぼくの家》を取りあげ、目の前で叩《たた》き壊《こわ》して粉々《こなごな》にしておいて、残念そうなふりをしている。《ぼくの家》なんて、もうどこにもないのに。

その家はもう、世界中をさまよってはいない。だけどぼくたちがノックしても、誰《だれ》も《どうぞ》とは言わなかった。ノックの音なんか、まるで聞こえていないから。なにしろ、ラジオががんがん鳴っている。あんまり大きな音なので、通りじゅうにパティ・ペイジ（アメリカの女性歌手）の『オール・マイ・ラヴ』が響《ひび》きわたるほどだ。ミミはもう一度、かたちだけノックすると、わざとらしくため息をついてドアをあけた。耳をつんざく大音響《だいおんきょう》がいっきに押《お》し寄せた。ミミは不快そうに顔をしかめたけれど、はらわたを震《ふる》わせるような音楽が、ぼくはぜんぜん嫌《いや》じゃなかった。ジュリアは掃除《そうじ》の真っ最中だった。壁《かべ》を揺《ゆ》らすパティのマンボに合わせてお尻《しり》をふりながら、箒《ほうき》を動かしている。ぼくはちらりとミミ伯母《おば》さんに目をやった。伯母《おば》さんはむすっとしているようだった。どうしてなのか、すぐにはわからなかった。妹が家事をしないといつも文句を言っているのだから、こんなふうにせっせと働いているのを見たら、満足なはずなのに。それから箒《ほうき》を手に歌うジュリアを見て、ぼくは合点《がてん》がいった。わけは誰《だれ》にも説明つかないけれど、なぜかジュリアは頭にパンティをかぶっていた。赤毛のうえに白い布地が際立《きわだ》って、とてもきれいだった。でもまあ、そこは好みの問題かな。ミミ伯母《おば》さんは表情から察するに、心の準備ができていなかったらしい。まさか妹の最新ファッションに、こんなに打ちのめされるとは。

ぼくたちは歌が続くあいだ、しばらく入口に立ちすくんでいた。ようやくジュリアはこっちをふり返り、わっと叫《さけ》んで飛びあがった。ぼくらの姿が目に入ったんだ。ラジオに駆《か》けよって音を下げ、息を切らしながら笑顔《えがお》でこう言った。ぼくを明るく照らす笑顔《えがお》で。

「ひどいじゃない。ノックぐらいできるでしょ」

ミミはロンドンの大火も消しとめる、とっておきの笑《え》みを浮《う》かべた。

「そうよね。悪かったわ、うっかりして」

「ともかく、入って、入って」

ぼくは駆《か》け出し、ジュリアの首に飛びついた。汗《あせ》とマンボの匂《にお》いがした。ジュリアはキスをしてくれた。

「元気？　ジョニー」

それからジュリアはあいかわらず凍《こお》りついた笑《え》みを浮《う》かべ、姉のほうに二、三歩近寄った。

「いらっしゃい、ミミ」

「こんにちは、ジュディ。すてきな帽子《ぼうし》ね。シャネルかしら？」

ジュリアはなんのことかわからず、頭に手をあてた。そしてはっと気づいて吹《ふ》き出し、パンティを部屋の隅《すみ》に放り捨てた。

「あら、やだ……これは、その……ああ、おかしい！　なにか飲む？」

「いえ、けっこう。ジョンを預けに来たの。明日の午後五時半に、いつもどおり迎《むか》えに来るから。ちゃんと宿題をやらせてね。あんまり夜更《よふ》かしさせちゃだめよ」

「大丈夫《だいじょうぶ》」

「それから、王立医学協会が認めた食品を食べさせるように」

「なによ、わたしの料理の腕《うで》を疑ってるの？」

「よくまあ食通警察に捕《つか》まり、味覚違反《いはん》の罪で投獄《とうごく》されないものだって驚《おどろ》いてるわ」

「あいかわらず面白いこと言うのね、姉さんは」

「もう行くわ。じゃあ、明日、ジョン」

ミミはなにかを待っていた。いつもそうなんだ。ぼくにして欲しいことでもあるの？　キスするとか、抱《だ》きつくとか、手を握《にぎ》るとか。でもぼくは、そんなことする気はない。ただ《じゃあ、明日》と返事をするだけだ。ミミの微笑《ほほえみ》と同じくらい涼《すず》やかな声で。見るとミミの瞳《ひとみ》は不安そうに揺《ゆ》れている。でも、すぐにまたいつもどおりに戻《もど》った。動揺《どうよう》するなんて、伯母《おば》さんらしくない。ミミは浮《う》き輪につかまるみたいに、ジュリアに目をやった。それからもう作り笑いもやめて、ひと言言った。

「五時半に」

そして家を出ていった。

第11章

ドアが閉まると、部屋の温度は急上昇《じょうしょう》し、ジュリアは喜びの声をあげてぼくのほうを見た。

「ヤッホー、二日間よ、ジョニー。謎《なぞ》と冒険《ぼうけん》の二日間。準備はいい？」

今度はぼくが叫《さけ》ぶ。

「準備完了《かんりょう》！」

つむじ風の始まりだ。ジュリアはラジオの音量をまたいっぱいにまであげ、ぼくの腕《うで》を取ってダンスステップを踏《ふ》んだ。パンティを拾ってぼくの頭にかぶせ、キッチンに引っぱっていく。ぼくはジュリアといっしょに料理をするのが大好きだ。そりゃ、ミミの言うとおりさ。世界中どこを探したって、母さんほどの料理下手は見つからない。ジュリアの料理を食べるのは、ワニの脇《わき》の下をくすぐるくらい危険な行為《こうい》だ。でも、料理のしたくはいつでも冒険《ぼうけん》だった。そのときジュリアは魔女《まじょ》になる。マッドサイエンティストになって実験をし、どれもこれも奇妙奇天烈《きみょうきてれつ》な薬をいっぱい作り出す。今日は煮《に》こみだった。ジュリア風煮《に》こみ。母さんはフランス語なまりをまねて、蜂蜜《はちみつ》やお茶っ葉、戸棚《とだな》の奥《おく》から見つけたお菓子《かし》のかけらを入れるように言った。二人で笑い合った。ミミが見たら、なんて言うかな。それを想像して、また笑い転げた。さあ、お次は、小麦粉の瓶《びん》だ。ジュリアが浮《う》かれた顔でじっとぼくを見た。《これはだめ！》っていう顔で、ぼくはジュリアを見返した。するとむこうは、《なによ、いいじゃない！》とまた顔で答えた。《だめだって！》とぼくの目が抗《こう》議《ぎ》する。するとジュリアは瓶《びん》に手を突《つ》っこんだ。やりかねないとは思ってたけれどね。戦闘《せんとう》開始。素手《すで》と素手《すで》の戦いだ。部屋じゅうが小麦粉の雪で真っ白になるのに、十分とかからなかった。息も切れたし弾薬《だんやく》も切れたので、とうとうぼくたちはばったり床《ゆか》に倒《たお》れ、天井《てんじょう》を眺《なが》めて馬鹿笑いを分け合った。少しずつ笑いがおさまると、静けさが戻《もど》った。小麦粉混じりの埃《ほこり》が、ぼくらの世界にゆっくりとおりてくる。ぼくたちはまだ黙《だま》ったまま、あおむけに寝《ね》ころがって、漆喰天井《しっくいてんじょう》のひびを見つめた。先に口をひらいたのはジュリアだった。

「ミミと喧嘩《けんか》したの？」

「うん」

「どうして？　ミミのコーヒーカップを、ほんの一ミリ動かしちゃったとか？」

「いいや……学校で罰《ばっ》を喰《く》らっちゃってさ。いたずらをしたからって」

「馬鹿なのよ」

「馬鹿って？」

「学校なんて、馬鹿の集まり。どうしようもないところよ。人生は、本当の人生はもっと別な場所にある。通りや、バーや、劇場や、船のうえに。あなたは間違《まちが》ってないわ、ジョニー。学校の言いなりになっちゃだめ。今のままを続けなさい。心の声だけに耳を傾《かたむ》けるの。学校でされるアドバイスなんか無視して。続けるのよ。あなたは間違《まちが》ってない」

　おかしなことだけど、ぼくはこんな言葉をミミに言って欲しかった。サクランボみたいに赤い母さんの口から聞くと、なんだか胸が痛んだ。その言葉が怖《こわ》かった。海の真ん中にぼくを引き寄せる、深い穴の底に突《つ》き落とされるような気がした。体じゅうから力が抜《ぬ》け、ちょっと泣きたくなった。さいわい、ラジオが助け舟《ぶね》を出してくれた。デヴィッド・ホイットフィールド（イギリス人男性歌手）

の歌声が、家じゅうに響《ひび》きわたる。あのボリュームからすると、イギリス王国の大部分まで聞こえているかも。ジュリアはきらきらと目を輝《かがや》かせ、飛び跳《は》ねながらこう続けた。

「ジョニー、聞いて。これはわたしたちの歌よ。さあ、いらっしゃい！」

ぼくは小麦粉の霧《きり》のなかを、ジュリアに引かれて居間に行った。ホイットフィールドが朗々《ろうろう》と歌いあげる『わが息子ジョン《マイ・サン》』のメロディーに乗って。ジュリアはぼくと踊《おど》り始めた。それから好みの女性シンガー、ケイ・スターの声をまねて、《わが息子ジョン《マイ・サン》》を褒《ほ》めたたえる大好きな一節を、ホイットフィールドといっしょにデュエットした。

ホイットフィールドの口を借りて、ジュリアの気持ちが歌われてるんだろうか？　それとも、その逆？　どちらでもいいさ。それは贈《おく》り物だった。幸福のひとときが、いつまでも続けばいいのに。でも永遠なんて、『不思議の国のアリス』に出てくる三月ウサギやチェシャ猫《ねこ》みたいに、この世には存在しない。こうして音は前触《まえぶ》れなしに、いきなりぷつっと途切《とぎ》れた。古いラジオは息絶えた。たしかにホイットフィールドの歌声は、機械をぶっ壊《こわ》すほど大きかったけれど。さもなきゃ電池が切れたのかも。ジュリアは電池切れが大嫌《だいきら》いだ。角の電気屋に持っていって、充電《じゅうでん》をしてもらわねばならない。だけどそれには何日もかかる。音楽なしに何日も過ごすなんて、ジュリアには耐《た》えきれない。ぼくに何日間も絵を描《か》くなって言うようなもんだ。そんなのできない相談さ。

そのとき、すべてがひっくり返った。

姿が見える前に、まず足音が聞こえた。ごほごほと咳《せき》をしている。あいつのいるところどこにでもついてまわる、神経質そうな咳《せき》。ぼくが大嫌《だいきら》いな咳《せき》。あいつが撒《ま》き散らすものは、どうせみんな嫌《きら》いなんだけど。けいれん野郎《トウィッチ》が戻《もど》ってきた。裏口から入って、キッチンのドアの前に立っている。ズボンの裾《すそ》を小麦粉で真っ白にし、黒い目に怒《いか》りをたぎらせて。ジュリアはやつに気づくと、ぼくを押《お》しやった。乱暴な手つきじゃなかったけれど、押《お》したことに変わりはない。人をやさしく押《お》しやるなんて、できることじゃないんだ。ジュリアは髪《かみ》やドレスや口紅をなおそうとした。無駄《むだ》な努力だったけれど。トウィッチのイカレた頭が、どうにもならないのと同じさ。トウィッチはぼくにむかってあごをしゃくった。それがやつのあいさつなんだ。ぼくはあいさつを返さなかった。憎《にく》しみのほかは、やつにくれてやるものなんかない。膝《ひざ》がちょっとがくがくしたけれど、やつの視線を受けとめた。こっちから目をそらさないぞ。そうとも、ぼくには家がない。だけどここを、おまえの家にはさせないからな。これはぼくの音楽、ぼくの小麦粉、ぼくの赤毛なんだ。やつの酒臭《さけくさ》い息が、ぼくのところからも感じ取れた。トウィッチはいつもアルコールと汗《あせ》とオーデコロンが混ざった臭《にお》いを、ぷんぷんさせている。吐《は》き気がするよ。

「おかえりなさい、ごめんなさいね、キッチンがあんなで。ジョニーとちょっとふざけちゃって」

トウィッチは咳《せき》をして、白い足跡《あしあと》をうんざりしたように見やった。さっきぼくらが踏《ふ》んだステップがひと目でわかる。それからトウィッチは、ジュリアにむかって言った。

「こっちへ来い、ジュディ。話がある」

ジュリアはプードルみたいにちょこちょことやつに近寄り、口にキスをした。ぼくは今にも膝《ひざ》が崩《くず》れ落ちそうだった。二人はキッチンに入っていった。ぼくはそれを遠くから眺《なが》めていた。トウィッチはいつものようにマーガリンの瓶《びん》をあけ、手を突《つ》っこんだ。そしてひとつかみしたマーガリンを、髪《かみ》に塗《ぬ》りたくった。そうやって髪《かみ》をてからせるのが、トウィッチの好みだった。しゃれてると思っているんだろう。だったらいっそ首をちょん切り、鼻の穴にパセリでも詰《つ》めて、肉屋の店先にぶらさげてやりゃいい。ついでにケツには蹴《け》りを入れて。二人は声を潜《ひそ》めていたけれど、ぼくには丸聞こえだった。トウィッチの話し方は、髪型《かみがた》に劣《おと》らず大仰《おおぎょう》だからな。

「ここでなにしてるんだ、あいつ?」

「いきなりだったのよ。ミミともめたらしいの。明日の夕方には帰るわ」

「おれに言っとくべきだろ」

「だからいきなりだったの。ごめんなさい」

「でもこの週末は、ほかに計画があったんだ。いっしょにジャイヴを踊《おど》りに行き、ライトシップで一杯《いっぱい》やるつもりだったのに。モーリーンとスタンリーも来ることになってる」

「でも……」

「前に二人で決めたじゃないか、週末はいっしょに過ごすって。よそ者が入りこむ余地はないんだ」

最後の言葉に、ぼくは横っ面《つら》を張り飛ばされる思いがした。吐《は》き気がするほど強烈《きょうれつ》な一撃《いちげき》だった。眼鏡《めがね》の役立たずめ。目の前がかすんで見えるぞ。ジュリアのぼんやりとした人影《ひとかげ》が、白い粉にまみれたキッチンで男の口にキスをした。あんなにはしゃぎまわったのが、はるか大昔のことみたいだ。それから人影《ひとかげ》は居間に戻《もど》ってきて、ぼくの肩《かた》に手をあてた。ジュリアの声はやさしかったけれど、調子っぱずれの歌みたいだった。彼女《かのじょ》もやっぱり電池切れなのかも。

「ジョニー、ちょっとまずいことになって、この週末はだめそうなの。また今度でどう？　ミミに電話するので……」

ぼくの喉《のど》から、うめき声が飛び出した。得体のしれない動物のようなうめき声。聞いた者誰《だれ》もが、血を凍《こお》りつかせる声が。真っ先に震《ふる》えあがったのは、このぼくだった。ぼくはトウィッチの女の手をふりほどき、椅子《いす》をつかんでふりまわしながら、部屋を走りまわった。涙《なみだ》があふれ、小麦粉まみれの頬《ほお》をつたって小川の筋を描《か》いた。ぼくは入口のドアにむかって突進《とっしん》した。でもそこは、ぼくにとって出口だった。ぎりぎりのところで、気が変わった。食器棚《だな》のうえに置いたアルミの箱が、涙《なみだ》で曇《くも》った目にとまった。ノルウェイの森から切り出した木製の食器棚《だな》だ。箱のなかには、トウィッチがバーでかき集めたチップが詰《つ》まっている。ぼくはそのうえに飛びかかってふたをあけ、汚《けが》れたお金をひとつかみしてポケットに入れた。そして吐《は》き気をこらえながら外に出た。トウィッチの叫《さけ》び声は聞こえなかった。ジュリアの目も見えなかった。キッチンから漂《ただよ》う、焦《こ》げくさい臭《にお》いも感じなかった。禁断の世界の奥《おく》で焦《こ》げつく、魔女《まじょ》の煮《に》こみの臭《にお》いも。

ぼくはもう、あそこにいない。ぼくは走る。

ただめちゃくちゃに。

ぼくは走る。

懐中《かいちゅう》時計もコンパスもない白ウサギみたいに。

第12章

ぼくはひたすら走っているうちに、ときどき脚《あし》のことを忘れてしまう。脚《あし》が勝手に動き続けるだけで、ぼくはもうそれを感じない。前へ前へと進みながら、別のことを考えてる。

ぼくはよく家出をしたくなった。一度目は、父さんがいっしょにニュージーランドへ行こうと言ったときだ。でもぼくは仔牛《こうし》みたいにわめきながらジュリアのあとを追い、ここに残ると決めたのだった。その晩、ベッドのなかで後悔《こうかい》し、父さんを捜《さが》そうと決心した。ぼくはそっと起きあがり、パジャマのまま靴下《くつした》と靴《くつ》をはき、縁《ふち》なし帽《ぼう》をまぶかにかぶって、首にマフラーを巻いた。そしてできるだけ静かにリュックサックをあけ、数日間生きのびるため必要な品々《しなじな》を詰《つ》めこんだ。チョコバー一本、角砂糖五つ、クマのルパートの漫画本《まんがぼん》、瓶入《びんい》りオレンジジャムを見つけたときに使う小さなスプーン、海パン、パチンコ。隣《となり》の部屋からは、ジュリアの規則正しい寝息《ねいき》が聞こえる。ぼくは安心して一階におり、宝物の箱をあけるみたいにそろそろと玄関《げんかん》のドアをあけて通りに出た。凍《こお》りつくような寒さに、その場で立ちすくんだ。ぼくの小鳥が、たちまち小さな氷の塊《かたまり》に変わってしまったような気がした。凍《こお》った小鳥がレモネードのグラスに沈《しず》む光景がくっきり頭に浮《う》かんだのを、よく覚えている。うしろに引き返して家に戻《もど》りたくなったけれど、勇気を奮い起こしてリュックサックを背負うと、ぼくは歩き出した。ほんの何歩か行ったところで、近所のお巡《まわ》りさんと出くわした。前歯がすいていて、目が寄っているお巡《まわ》りさんだ。闇《やみ》のなかに白い息を吐《は》いて、彼《かれ》はたずねた。

「ぼうや、こんな時間になにをしてるんだい?」

「行くんだよ」

「どこへ?」

「ローマさ」

「どうしてローマに?」

「すべての道はローマに通じるっていうでしょ」

するとと警官がベルトに手をかけるのが見えた。拳銃《けんじゅう》から数センチのところに。ぼくは怖《こわ》くてたまらなくなり、家にむかって大急ぎで走った。手紙だったら、差出人に返送ってやつだな。それから毛布にくるまり、チョコバーをぺろぺろなめながら、懐中《かいちゅう》電灯の明かりでルパートの漫画本《まんがぼん》を読んで眠《ねむ》りについた。ジュリアはなにも知らないままだった。ぼくはまったく無駄骨《むだぼね》を折ったわけじゃない。だって家出をしかけたおかげで、わかったこともあったから。すべての道がローマに通じるわけじゃない。人を古巣に戻《もど》す道もあるってことを。

それからもぼくは何度となく、新たな逃走《とうそう》を夢見た。ミミと言い争いをしたとき、学校の先生に絵を破られたとき、眼鏡《めがね》をからかわれたとき、喧嘩《けんか》に負けたとき、憂鬱《ゆううつ》な日曜の夜、早々《はやばや》とやってくる月曜の朝、ぼくは逃《に》げ出す自分の姿を想像した。遠くへ、どこまでも遠くへ。そしてもう帰らない。そんな姿を目に浮《う》かべた。でも、本当に行くことはなかった。あれこれ理由を見つけてはリュックサックを置いて靴紐《くつひも》をほどき、ベッドに寝《ね》ころがって毛布をかぶった。

でも、今日はやる。ポケットにはお金があるし、胸は怒《いか》りに満ちている。

それに、もうたくさんだ。

初めはでたらめに走った。だんだんスピードが落ちてきたら、どの道を行こうか考えた。まずは、わざわざ行きそうもないところを選んだ。例えばバーケンヘッドなんか、行く機会がなさそうだ。あんな洒落《しゃれ》た地区で、ぼくがなにをするって？　窓ガラスを壊《こわ》してみるくらいなもんだ。ぼくたちのうちとブルジョワのうちで、破片の飛び散り方は同じかたしかめるために。ちっちゃなときから、思いきり大金を使いたいと思ってた場所に、自然と足がむかった。遊園地。なかでもとりわけ好きなアトラクション、らせん式のすべり台《ヘルター・スケルター》の前に。着いたときは空いていて、橇《そり》を抱《かか》えたぼくの前には誰《だれ》もいなかった。ぼくは料金を払《はら》い、紅白に塗《ぬ》った塔《とう》のなかに入った。ついこのあいだまで、この塔《とう》は天まで届くような気がしていた。階段を大急ぎで駆《か》けのぼる。塔《とう》をのぼるのは、正直あんまり好きじゃない。以前は恐怖《きょうふ》さえ感じた。最高なのは、てっぺんまでのぼりきったときだ。最高なのは、ぱっと光のなかに出たとき。ぼくだけの山の頂上に、ひとりで立ったとき。灰色の町を見おろし、髪《かみ》の毛が雲を撫《な》ぜるとき。あとは橇《そり》で降りるだけだ。粗布《ジュート》のリュックにお尻《しり》を乗せて、光速で空を飛ぶように。

でも、なにかが変わってしまった。てっぺんに着いたら、塔《とう》はやけに小さかった。世界の屋根《ヒマラヤ》みたいに思ってたのに、ただのつまらないアトラクションだ。雲もなんだかうわのそらで。六、七歳《さい》の男の子がうしろからぼくを押《お》して、早く滑《すべ》りおりるよううながした。耳におしゃぶりでも突《つ》っこんでやろうか。こんなガキンチョと同じアトラクションにのぼってるなんて、馬鹿みたいだ。恥《は》ずかしいよ。ぼくは男の子に背をむけ、滑《すべ》りだした。いつもなら風が頬《ほお》を吹《ふ》きすぎると、きゃあきゃあという歓声《かんせい》が口から飛び出した。ジュリアがいつも言ってたっけ。ぼくは生まれたとき、泣き声をあげなかったって。あんまり産声《うぶごえ》をこらえていると、心臓が破裂《はれつ》しちゃうんだと。だからぼくにとってヘルター・スケルターは、たまったままの産声《うぶごえ》を吐《は》き出す理想的な場所だった。いつもはそうだったのに、今日は違《ちが》う。今日、ぼくは歯を食いしばったままだ。いつもはたちまち下まで滑《すべ》り降りてしまうのに、今日はそれが何世紀にも感じられた。みんなに見られているような気がした。あんなにでかい図体して、子供の遊びが楽しいんだろうかって、思われてるんじゃないか。

ようやく地面に足がつくと、そのまま遊園地の出口にむかって突進《とっしん》した。急にこの場所全体が、とても小さく感じられた。あっちからこっちから、ぼくに微笑《ほほえ》みかけるアトラクションを、ぜんぶぶち壊《こわ》してやりたかった。

そうだ、あともう少しでぼくは十一歳《さい》だ。

煙草《たばこ》の空箱がふたつ、歩道に落ちていた。宝物だ。まるで貴重なカードみたいに、煙草《たばこ》の箱を集めるのが、ぼくとナイジェルの楽しみだった。平らに踏《ふ》みつぶしてポケットに入れ、家に持ち帰って引き出しかマットレスの下に、ほかの箱といっしょに隠《かく》しておく。でも今日は、そんな気にならなかった。ぼくは力いっぱい箱のうえに飛び乗り、ずたずたになるまで足踏《あしぶ》みした。

そしてペニー・レインにむかった。

チャーチ・ロードとスミスダウン・ロードの交差点でバスが止まると、ぼくはバンパーから飛びおりた。セント・バーナバス教会では、赤ちゃんみたいな頰《ほお》と垂れた瞼《まぶた》をした聖歌隊の少年たちが、神様を讃《たた》える歌を歌っているだろう。神様はぼくたちにすばらしい贈《おく》り物をくれた。ぼくたちの人生はほんとうにすばらしいって。悪いけど、ぼくはその意見に賛成できないな。

しばらくとぼとぼと歩くと、九番地の前まで来た。

カーテンは閉まっていた。カーテンはぼくに話しかける。わが道を行けと言っている。この家のなかに、ぼくのものはもうなにもないと。ここだろうがどこだろうが、おまえはよそ者なんだと。

ぼくは歩道でしゃがみこみ、目を凝《こ》らした。ぼくは待った。光があらわれるのを待った。光が足の下にもぐりこみ、ぱちぱちと色とりどりの火花を散らしながら持ちあげてくれるのを待った。光が灰色の町のうえへ、ぼくを吹《ふ》き飛ばしてくれるのを。でも、光はやってこなかった。住民たちのあわただしい日常が続くだけだった。みんな未来を追って、悲しげに歩きまわっている。毎日その足で、自分の夢を踏《ふ》みつけているのだとも知らずに。そこに、女がひとりやってきた。褐色《かっしょく》の髪《かみ》をショートカットにした小柄《こがら》な女。ここらでは、初めて見る顔だ。ほかのみんなとは、歩くスピードも違《ちが》う。猫《ねこ》みたいにゆっくりとした忍《しの》び足だった。彼女《かのじょ》が見ているのは自分の足ではなく、赤ん坊《ぼう》の目だった。顔のあたりまで抱《だ》きあげた赤ん坊《ぼう》の目。彼女《かのじょ》は話しかけるのではなく、歌いかけていた。あんまり美人じゃない。大きな赤い手と、短い脚《あし》をしている。でもその微笑《ほほえ》みだけで、ほかのことなんかどうでもよくなってしまう。彼女《かのじょ》は笑いながら歌っていた。赤ん坊《ぼう》は不思議そうに聞いている。大きな声ではなかったけれど、通りの反対側からもなんの歌かわかった。『赤い風車《ムーランルージュ》』。まだオーブンのなかにあるお菓子《かし》の香りみたいに、メロディーが漂《ただよ》ってくる。でも、ぼくのために作ったお菓子《かし》じゃない。そう思うと、ほろ苦い悲しみが胸をそっと撫《な》でた。

ぼくは九番地のドアのむこうで、ジュリアのムーランルージュに招かれたことがあっただろうか？　ジュリアはぼくに、どこか別な世界の歌を歌ってくれただろうか？

ふくらはぎが痛んできたので、すわることにした。もうひとつの痛み、胸の痛みのほうは、記憶《きおく》の霧《きり》のなかに紛《まぎ》らわそう。ぼくは時をさかのぼり、そんなひとときを思い出そうとした。過去を包む濃霧《のうむ》を吹き払《ふはら》おうとした。けれどいくらうしろをふり返っても、ぼくの目をじっとのぞきこむ人は誰《だれ》もいなかった。必死に目を凝《こ》らすと、ベッドが見えた。猫《ねこ》や割れた皿の山、プレゼントの大きな包み、剝製《はくせい》の鳥が見えた。馬や荷車、血がにじんだ膝小僧《ひざこぞう》、窓の雪、こんがりと焼けたパン、傷ついた小鳥も見えた。でもそこに、ジュリアの姿はなかった。たしかにいたはずなのに、消えてしまった。あのころからとっくに、いないも同然だったのかもしれない。すでにどこかほかの場所にいたのかもしれない。だからいつものように、条件反射みたいに、ぼくはそんなひとときを勝手に作りあげることにした。慣れっこだったんだ。脳裏《のうり》に浮《う》かぶ小さかったころの記憶《きおく》は、前から少しずつ消え始めていた。

だから閉じた瞼《まぶた》の裏で、ぼくの世界が取って代わった。

夏だった。

ジュリアは庭に腰《こし》かけていた。すらりとした手、長い脚《あし》。スモモのジャムを瓶《びん》に詰《つ》めている。ジュリアは残ったジャムを指で拭《ぬぐ》い、食べさせてくれた。ぼくはまだ、二歳《さい》にもなっていなかった。舌に砂糖の甘《あま》みが広がる。やがて鍋《なべ》がぐにゃぐにゃに波打ち、甘《あま》い魔法《まほう》の力で動きだした。でも、驚《おどろ》くにはあたらない。ジュリアが胸に抱《かか》えているのは、もう鍋《なべ》ではなかった。それはいつのまにか、小さなアコーデオンに姿を変えていた。脇《わき》に生えた二つの翼《つばさ》が、ぱたぱたと羽ばたいて、まるで生きているみたいだ。はやる心臓のように脈打っている。ジュリアはすばやく動く白い指で、アコーデオンを弾《ひ》き始めた。『赤い風車《ムーランルージュ》』。ジュリアの風車、ぼくたちの風車。メロディーが空へのぼると、雲が切れて道をあけ、そのむこうから本物の風車があらわれた。大きな風車が、空にきらめいている。風車の羽根がゆっくりとまわり、ウサギの耳みたいな煙突《えんとつ》から、混ざり合ったいくつもの声が聞こえた。ジュリアは右手でアコーデオンを弾《ひ》きながら、左手をぼくに差し出した。ぼくが指を絡《から》めるや、二人の足が地面を離《はな》れた。飛んでいる。ジュリアも歌っていた。歌声はすばらしかった。ぼくたちは風車にむかって飛んでいくと、白バラの雨が降り始めた。母さんの声がそれを赤く染めていく。目をあげると、風車の扉《とびら》がぼくたちを迎《むか》えるかのように、大きくひらくのが見えた。ママはぼくの手が離《はな》れないよう、きつく握《にぎ》りしめた。風車の翼《つばさ》はますます速くまわりだし、吐《は》き出される風もますます強くなったから。もうすぐ風車にたどりつく。ジュリアは歌をやめ、小声で「着いたわ、ジョン。わたしたちの家よ」と言った。

ところがその瞬間《しゅんかん》、ドアの前に女があらわれた。ジュリアに似ているけれど、もっと歳《とし》を取っている。女はぼくを指さし、叫《さけ》んだ。

「あいつの首をはねておしまい！」（『不思議の国のアリス』に登場するハートの女王が得意とするせりふ）

風車の翼《つばさ》が猛《もう》スピードでまわり出し、嵐《あらし》のような風が吹《ふ》き荒《あ》れた。ジュリアがどんどん小さくなるにつれ、手にしたアコーデオンは大きくなっていく。もうだめだ、指の力が抜《ぬ》ける。突風《とっぷう》が地面にむかってぼくを吹《ふ》き飛ばそうとした。いくら叫《さけ》んでも、誰《だれ》にも聞こえない。とうとう指がはずれ、底なし井戸に落ちていくのを感じた。

そこで目があいた。

正面の歩道にいた母親と赤ん坊《ぼう》は、どこかに行ってしまった。ぼくは心臓をどきどきさせ、涙《なみだ》を流しながら、通りにひとりでいた。怒《いか》りが、ぼくの怒《いか》りが、喉《のど》もとまでせりあがってきた。目の前、道路の反対側、灰色の世界のむこう端《はし》に、カーテンを閉めたあの家がある。ぼくは立ちあがり、頬《ほお》を袖《そで》で拭《ぬぐ》って道を渡《わた》った。石を拾い、窓ガラスめがけて力いっぱい投げつけた。でもガラスは、すっかり割れはしなかった。三日月型の小さなひびが入っただけだった。ぼくは橇《そり》のうえで出しそこねた叫《さけ》び声をあげた。ポケットのなかでじゃらじゃらいっているお金をぜんぶ取り出し、排水溝《はいすいこう》に捨てた。その金は汗《あせ》とマーガリンの臭《にお》いがした。だからドブネズミのところへ行けばいい。そうすりゃ持ち主のことを思い出すだろう。

バスが来た。カーブにさしかかって速度が落ちたところで、バンパーに飛び乗った。それはディングル行きのバスだった。町でいちばん危険な地区だ。ちょうどいい。そここそぼくが行くべき場所だ。

第13章

こんな日には、ただもう狼《おおかみ》の口に飛びこみたくなる。わけなんか訊《き》かないでくれよ。泣きたいときはたいてい、絵を描《か》くか喧嘩《けんか》でもして気を紛《まぎ》らわす。だけど人生があまりにも耐《た》えきれない、まるでキッチンの隅《すみ》に忘れられたスクランブルエッグみたい思えたときには、狼《おおかみ》の口に飛びこみたくなるんだ。

世界にはそれぞれの場所に、決まった狼《おおかみ》がいるとぼくは思ってる。パリにはメトロが通る地下道の入口をふさぐ、巨大《きょだい》な夜の蛇《へび》。中国には満月の夜、足もとをぶらつく人間たちを押《お》しつぶそうとうごめく城壁《じょうへき》。ロシアには地下室から抜《ぬ》け出す吸血鬼《きゅうけつき》。ロンドンにはハンドバッグを叩《たた》きつけて宝《ロ》くじ《ト》を買わせようとする青い髪《かみ》のおばあちゃん。ニュージーランドには、息ができなくなるまで子供たちの肺を痛めつける、水夫の帽子《ぼうし》をかぶった幽霊《ゆうれい》。

ここ、リヴァプールだったら、さしずめ不良少年《テディボーイ》たちだな。あいつらが好んでたむろするのは、ディングル地区の通りだ。それはぼくじゃなく、ミミ伯母《おば》さんの意見だった。「とんでもないやつらだわ！」と伯母《おば》さんは、たいてい怒《おこ》ったように煙草《たばこ》をもみ消しながら言った。ジョージ伯父《おじ》さんは「まあな」と答え、伯母《おば》さんはまた煙草《たばこ》に火をつける。ミミはぼくがグレるのを心配していた。ぼくが柵《さく》のむこう側に行き、通りで飲んだくれたり、真面目《まじめ》な人たちを困らせたりして、人生を台なしにしやしないかと。そんなふうにミミがはらはらしてるから、たぶんぼくはあの狼《おおかみ》たちの犬歯をくすぐってやりたくなったんだろう。

あいつらのことを思うと、正直怖《こわ》いけど心惹《ひ》かれる。なにが魅力《みりょく》かって、着ている服かな。ミミはボロ着あつかいするけれど、眼鏡《めがね》を貸してあげたいよ。あいつらのかっこうは、まるで王子様だ。ヒョウ柄《がら》のゴム底靴《ぐつ》や、襟《えり》がビロードの黄色や青のジャケット、金属製のネックレスがぼくにはあこがれだった。それに口ひげや頬《ほお》ひげも。もう少し大きくなったら、まねしてやろう。同じ服を着てひげを伸《の》ばし、嘲《あざけ》るような目でみんなをにらみつける。眼鏡《めがね》で隠《かく》したりするもんか。だけどあいつらを見てると、怖《こわ》い気もした。えんえんと続くお説教で生徒たちを生き埋《う》めにするのがバローズ先生の仕事なら、通行人を脅《おど》すのが不良少年《テディボーイ》のお仕事ってわけ。あいつら相手では、たちまち血を見ることになる。路地からパンツいっちょうで逃《に》げ出してこられれば、御《おん》の字だって思わなくちゃ。だって命だけは助かったんだから。どこに武器を隠《かく》し持ってるのか、誰《だれ》もが知っている。幅広《はばひろ》のベルトにつけた金属ワッシャー、やすりで尖《とが》らせたバックル。フロックコートにはナイフを忍《しの》ばせてある。さあ、命乞《いのちご》いでもするんだな。ときおりぼくは悪夢のなかで、眼鏡《めがね》をかけた虫になり、《コガネムシつぶし》って呼ばれるやつらのドタ靴《ぐつ》で踏《ふ》みつぶされた。そこではもう、ぼくはセイウチではなく、眼鏡《めがね》をかけたコガネムシなんだ。空を飛ぶ間もなく、歩道でぐちゃぐちゃにされるコガネムシ。

夢を見るのは好きだけど、なかにはひどい夢もあるさ。

やつらのことはよくわかっていたが、それでもぼくはディングル地区でバスのバンパーから飛びおりた。眼鏡《めがね》をはずしてポケットに入れ、呪《のろ》われた地区の裏通りに入る。コガネムシが狼《おおかみ》の口に近づくときだ。

少しずつ恐怖心《きょうふしん》に慣れようとしていたのに、気がついたら目のまえにやつらがいた。相手は四人。ニワトリの頭でサッカーでもしているのかと思った。いちばんチビのやつは、目のうえから血を流していた。でも、気にしている様子はない。とりわけ大声で笑っているのは、そいつだったから。やつらのほうに二歩近づき、しくじってはいけないと大きく深呼吸して狼《おおかみ》の口に飛びこんだ。

「なあ、仲間に入れてくれよ」

サッカーボールがまた死んだ鳥の首に戻《もど》った。嫌《いや》な風が吹《ふ》いてきたとでもいうように、四人はぼくをふり返った。みんな口ひげを生やしていたけれど、セイウチみたいじゃなかった。むしろスコッチテリアかな。でも太って獰猛《どうもう》そうで、ハイエナの血でも混ざっていそうだ。目を殴《なぐ》られたらしいチビが、真っ先に口をひらいた。見たところ、そいつがハイエナのボスらしい。

「いいとも、小僧《こぞう》、いっしょにやろうじゃねえか。だがおれたちのゲームじゃ、サイコロをふる前にポケットを空にしとくことになってるんだ。さあ、さっさとしろよ、坊《ぼう》や……」

そのときになって、本当の恐怖《きょうふ》が訪《おとず》れた。右のポケットに眼鏡《めがね》があるのを思い出したから。眼鏡《めがね》をかけるのは嫌《いや》だけれど、こいつらのドタ靴《ぐつ》に眼鏡《めがね》を踏《ふ》みつぶされるのもまっぴらだった。いちばんでかいのがベルトからナイフを抜《ぬ》き出し、いちばん不細工なのがぼくのうしろにまわりこんだ。ちょうどそのとき、ミミとジョージくらいの年配の夫婦が、大通りを歩いてきた。二人はちらりと裏通りに目をやると、一触即発《いっしょくそくはつ》の場面から足早に遠ざかり、角のパブに逃《に》げこんだ。酸《す》っぱい不快な胃液が、口のなかまでこみあげてきた。こんなこと、驚《おどろ》くにあたらないさ。大人は子供たちを守るため、この地上にいるんだなんていう作り話は、とっくの昔に信じていなかった。でも、納得《なっとく》はいかなかった。大人は子供たちを水たまりに飛びこませないため、毛布のなかで棒つきキャンディーをなめさせないため、この地上にいる。でも、いざぼくたちを守るべきときには、さっさと逃《に》げ出すんだ。パブの奥《おく》か、ニュージーランド行きの船に潜《ひそ》んでるネズミみたいにね。大人はみんなそうかって？　いや、みんなじゃない。ひとつ、明らかなことがある。ミミやジョージはあの二人みたいな臆病者《おくびょうもの》じゃないさ。ミミ伯母《おば》さんとジョージ伯父《おじ》さんなら、間違《まちが》いなくぼくを助けに飛んできただろう。突然《とつぜん》、二人に会いたくなった。狼《おおかみ》たちにおさらばして、火遊びはやめにして、もう一度十歳《さい》に戻《もど》りたくなった。でももう、あとには引けなかった。コガネムシを踏《ふ》みつぶすハイエナに、ぼくは取り囲まれてしまった。ハイエナどもはにやにや笑いながら近づいてくる。残された道は二つ。四人を相手に大暴れするか——でもむこうは、腕《うで》っぷしも強そうだ。ひと息つく間もなく、たちまちボコボコにされちゃうな。さもなきゃ、くるっと背をむけ逃《に》げ出すか。ぼくは逃《に》げ足が速いから、その手でいくことにしよう。

「ポケットのなかを空にしな、ウジ虫小僧《こぞう》。さもないと、痛い目を見るぜ」

「おあいにくさま、ぼくは目が悪くてね」

二本目のナイフがあらわれた。いつの間に出てきたんだ。ぼくはつばを飲み、言葉を続けた。

「でも、声はいいんだ」

「だったら金持ちおぼっちゃんの歌でも楽しもうか。ここはディングルなんだぜ」

「いいとも。一曲聞かせてやる……」

震《ふる》えているのがあんまり目立たなければいいと思いながら、ぼくは眼鏡《めがね》を取り出し、ちょこんと鼻の先にかけた。下唇《したくちびる》を舌で膨《ふく》らませ、頭がトロそうな表情で『マギー・メイ』を歌い始める。ジュリアが教えてくれたんだけど、ミミの家じゃ歌えない。体を売って暮らしてる娘《むすめ》の話だからね。まあいいさ。ろくでもない人生を送ってるその娘《むすめ》が、ぼくの命を救ってくれるかもしれないんだから。ぼくは声を限りに歌った。扁桃腺《へんとうせん》がもげそうなほど。歌詞の女の子をまねて振《ふ》りをつけた。大きなおっぱいに小さなおつむ。ハイエナどもは一瞬《いっしゅん》とまどっていたけれど、やがて大笑いするカモメになった。路地裏で膝《ひざ》をたたいたり拍手《はくしゅ》したり、みんな大ノリで喜んでる。ぼくの歌は、ちゃちなサッカーごっこより楽しいらしい。息を切らして歌い終えると、ぼくはおかしな彫像《ちょうぞう》みたいにじっと立ちすくんだ。四人の不良少年《テディボーイ》はぴゅうぴゅう口笛を吹《ふ》いている。やがてチビのリーダーが、みんなを黙《だま》らせた。青いロングコートの内ポケットに手を入れ、ハイエナの顔に戻《もど》って近づいてくる。ナイフを取り出すんだ。輪切りにされちまう。がんばってみたけど、やりそこねたか？　マギーもできる限りのことはした。

ポケットから手が出ると、太陽の光が射《さ》した。握《にぎ》っていたのはナイフではなく、一ポンド札だった。チビはそれをぼくのベルトにはさんだ。

「ほら、歌のお代だ、ウジ虫小僧《こぞう》。親父《おやじ》んところへでもさっさと帰れ！」

ぼくは口ごもりながら礼を言うと、お札を片方のポケットに、眼鏡《めがね》をもう片方のポケットに入れ、馬鹿みたいなしかめっ面《つら》をして路地から走り出た。いいことを知ったぞ。歌で命拾いをすることもあるんだ。

こいつは大発見だ。

ほどなくメンローヴ・アヴァニュー行きのバスが来て、ぼくはバンパーに飛び乗った。そのときばかりは、空飛ぶ絨毯《じゅうたん》に思えた。

ぼくはいきなりミミの家に戻《もど》った。もうこんな時間なのに、どうしてジュリアの家にいないのか、適当な作り話を考えている余裕《よゆう》もなかった。一階には誰《だれ》もいなかった。自分の部屋にあがり、マットレスの下にお札を隠《かく》す。すると伯母《おば》さんの声が聞こえた。いつもは使ってない、奥《おく》の来客用寝室《しんしつ》だ。ミミは入口の前で、部屋のなかにいる誰《だれ》かと話している。ていねいでてきぱきした口調からして、相手はジョージ伯父《おじ》さんじゃなさそうだ。ぼくが近づくと、ミミは問いただすような目でこっちを見た。

「あらまあ、ここでなにしてるの？　あっちにいたはずでは？」

「それが……ちょっと……」

「言いわけはあとでいいから、こっちに来て、下宿人さんに挨拶《あいさつ》しなさい」

なるほど、そういうことか。ミミとジョージは家計のたしにしようと、奥《おく》の部屋を真面目《まじめ》な大学生に貸そうと考えていた。医者の卵を家に置ければ、伯母《おば》さんは大満足ってわけだ。ぼくにもきっといい影響《えいきょう》があるだろうからって。キスしなさいって言わなかったのが、びっくりなくらいだ。そのほうが、善玉菌《ぜんだまきん》の感染には手っ取り早いのにね。ぼくは部屋の真ん中に突《つ》っ立った。目の前に小さな丸眼鏡《まるめがね》をかけた、痩《や》せて背の高い男がいた。心を和《なご》ませる、やさしげな笑顔《えがお》をしている。

「ジョン、もうひとりのジョンを紹介《しょうかい》するわね。こちら、ジョン・カヴィルさん、しばらくこのうちで暮らす予定よ」

大学生は口もとに劣《おと》らず温かい手を差し出した。

「やあ、ジョン。初めまして。いい名前だね」

「こんにちは」

ぼくはそう言ったけれど、心ここにあらずだった。相手の目を見る余裕《よゆう》もなかった。熱風が胃に穴をあけ、瞳《ひとみ》に星がちかちか輝《かがや》いている。ぼくは眼鏡《めがね》をかけた。今こそしっかり見定めるときだ。下宿人のすぐうしろ、ベッドのうえに置いてあるものが、磁石のようにぼくを引きつけた。目はもうそれに釘《くぎ》づけだ。指がむずむずして、心臓がタップダンスを踊《おど》った。もうひとりのジョンはまだぼくの手を握《にぎ》っていたけれど、ほかのみんなといっしょに彼《かれ》もどこかに消えてしまった。もう鏡のこっち側には、不思議の国のチェシャ猫《ねこ》みたいに笑うぼくしかいない。

ぼくとあれ。

ぼくとあのギターしかない。

第14章

トースト二枚、目玉焼き二つ、ブラックコーヒー一杯《ぱい》。それがもうひとりのジョンに取り入るための装備だった。どのみちジョンはあまり不愛想じゃないし、むしろけっこう親切そうだ。声は少し間のびしている。映写機が故障して、映画が急に途中《とちゅう》で止まるときみたいに。パークロードのゴーモン座でも、ときたまそんなことがあって、観客からはいっせいにブーイングが出たっけ。丸《まる》眼鏡《めがね》のうしろでは、いつも愉快《ゆかい》そうに目が笑っている。いい友だちになれそうなタイプだ。でもぼくは、友だちになるつもりはなかった。歳《とし》が離《はな》れすぎているし、新しい友だちは欲しくないから。あんまりひとと仲よくなりすぎないようにしようと、ぼくは決めていた。簡単なことじゃないけれど、そのほうがいいんだ。誰《だれ》かを抱《だ》きしめたり、そのひとの匂《にお》いに包まれて体を丸めたり、デザートを待つみたいに笑顔《えがお》を待ったりするのに慣れきったとき、突然《とつぜん》それが失われたら、きっと麻酔《ますい》なしに内臓の半分を抜《ぬ》き取られるような気がするだろう。だから距離《きょり》を置くのが、いちばんいい考えなんだ。でも、彼《かれ》の部屋の前をぶらつくのは好きだった。ときおり、ギターをつま弾《び》く音が聞こえた。ギターの調べはドアの下から滑《すべ》り出て、廊下《ろうか》の壁《かべ》を伝っていく。すると古ぼけた壁紙《かべがみ》まで明るく輝《かがや》いた。ちょっと大袈裟《おおげさ》だけど。

でも今のところ、ギターの音はまったく漏《も》れてこない。ドアに耳を押《お》しあてれば、本のページをめくる音が聞こえるかもしれない。もうひとりのジョンは、気が遠くなるほどたくさん本を読んでいる。なんの勉強をしているのか知らないけれど、あれじゃあ眼鏡《めがね》が要《い》るわけだ。あんなに勉強してたんじゃ、たちまち目がやられちゃうさ。ぼくは片手でトレーを落とさないように持ち、もう片方の手でノックした。

「どうぞ！」

部屋に入ると、無意識に目でギターを捜《さが》した。あったぞ、壁《かべ》に立てかけてある。六本の弦《げん》も今は休んでいるけれど、また誰《だれ》かが目覚めさせるのを待っている。

「ありがとう、ジョン。でも、朝食ならもうすませたけど」

「いいんだよ。ミミが心配してたから。ちょっと痩《や》せすぎじゃないか、もっと栄養をとったほうがいいって」

ジョンは目と口で笑った。ほんとうに感じのいい笑顔《えがお》だった。

「たしかに。これから読まなきゃいけない本のことを考えると、力をつけておく必要があるかな。そこに置いといて」

「コーヒーに砂糖は？」

「いや、けっこう」

「ならよかった。切れてるんだ」

「伯母《おば》さんにお礼を言っといてくれ」

「うん、まあ、そのうちに。今はちょっと険悪な状態なんでね」

「そうか……ぼくがここに来た晩も、言い争いをしてたみたいだけど。伯母《おば》さん、なんだか怒《おこ》ってるみたいだったな」

「ぼくが勝手にジュリアの家を飛び出してきたからさ。家出をしたけど、うまくいかなくて」

「ジュリアって？」

「けいれん野郎《トゥイッチ》の奥《おく》さんさ」

「トゥイッチっていうのは？」

「マーガリンの瓶《びん》に手足、脳味噌《のうみそ》は溶《と》けたバター。空っぽの中身を脂肪《しぼう》でくるんだようなやつで……」

「そいつのことが、あんまり好きじゃないみたいだね」

「すっからかんを好きなやつなんかいるもんか。よほどのもの好きでもね。そういや、なんの勉強をしているの？」

「説明すると長くなるけど」

「だったらいいや。学校の授業みたいになりそうだもの。ほかの話をしよう」

「そうだな」

もうひとりのジョンは椅子《いす》に腰《こし》かけ、トーストをかじり始めた。お腹《なか》はすいてないけれど、せっかくだからってことなんだろう。

「じゃあきみは、どんな勉強が好きなの？」

「ぼくが好きなのは、学校で習わないことばかりさ。笑っちゃうような詩とか、どこか遠くに連れてってくれる絵とか。特に絵が好きだな」

「絵が？」

「うん、好きなんだ、絵を描《か》くのが。絵は世界をもっと美しくしてくれる。そこに住んでいたいって気持ちになれる。傷口にガーゼをあてるようなものさ。あるいは、人生に包帯を巻くような。うまく説明できないけど」

「わかるよ。将来、なにになりたいの？」

「セイウチかな」

「セイウチって、動物の？」

「そうさ。でもセイウチになる勉強は、ここにある本を全部読むより難しそうだな。だから、芸術家《アーティスト》になる道を選ぶつもりなんだ」

「そりゃ残念。セイウチになったきみを、想像してたんだけど。で、どんな芸術家《アーティスト》になりたいんだい？」

「ミミの髪《かみ》が思わず逆立っちゃうようなアーティストだな。かつらをかぶってくつろいでる連中を笑わせたり、夢見させたりするアーティスト。みんなを空に飛び立たせる、じっとしたまま空を飛ばせてくれるアーティストさ」

「見せてくれるかい？」

「なにを？」

「きみの絵だよ。見せてくれる？」

ぼくはためらった。たしかに大問題だ。見せようか、どうしようか。絵は詩といっしょに、マットレスの下に隠《かく》してあって、友だちにしか見せたことがない。それもなるべく算数の時間に。大人には絶対見せたくないんだ。でも、かりかりとトーストをかじっているこのジョンは、いったいどっちだろう？　子供じゃないけど、大人でもない。じゃあ、ぼくはどうしたらいい？　絵を半分だけ見せるとか？　ちらりとギターに目をやると、迷っているぼくを見つめているみたいだった。

そうしたら気持ちが決まった。

「いいよ、ぼくの作品を見せるけど、そのかわり欲しいものがある」

「よし、商談成立だ。ぼくの二枚目のトーストを食べたいとか？　ぼくはもう、お腹《なか》がいっぱいだ」

「違《ちが》うって。それじゃあ割に合わない。でも、こっちの条件はあとで言う。オーケー？」

「オーケー」

ぼくはさっと立ちあがり、三枚の紙を持ってすぐに戻《もど》った。一枚目は、気球みたいに膨《ふく》らんだ巨大《きょだい》なかつらが、ビッグベンを呑《の》みこもうとしている絵だった。二枚目は、盲人《もうじん》が便器の形をした投票箱に投票用紙を入れている絵。三枚目は、船長姿のセイウチが海の真ん中をボートで漂流《ひょうりゅう》し、水平線に見えるクジラのあとを追っている絵。ジョンは褒《ほ》めるべきか貶《けな》すべきか、迷っているようだった。

そして三枚の絵をじっくり検分し、重々《おもおも》しい顔つきで三枚目を指さした。

「これだな、これがいちばん気に入った。じっとしたまま旅人になるのに、これほどぴったりの絵はないいな。これをもらっていいかい？」

「いや、売るんだよ」

「しっかりしてるな」

「リヴァプールっ子だからね」

「違《ちが》いないな」

「じゃあ、ぼくの絵を進呈《しんてい》するかわりに、ギターを弾《ひ》かせてくれる？」

もうひとりのジョンは引き出しに小指を挟《はさ》んだみたいに、笑顔《えがお》を少し引きつらせた。

「実を言うと、ジョン、このギターはぼくのじゃないんだ。ひとに借りてるんだけど、とても壊《こわ》れやすい。それに持ち主は、たいそう大事にしている」

「これだって大事な絵だったさ」

「そうだね、でも別のものじゃどうかな。それもひとつじゃなく二つ。まずギターについては、きみが望むなら毎晩ちょっと弾《ひ》いてやろう。それから……」

彼《かれ》はそこで言葉を切り、水がいっきに流れ出す流水算の問題が解けたみたいな顔をした。

「それから……ギターよりもっといいものがある」

ギターよりもっといいものだって？　なんだよ、ぼくをからかってるのか……こっちが文句を言う前に、彼《かれ》は革《かわ》のバッグをごそごそ漁《あさ》って、白いハンカチに包んだ四角いものを取り出した。ふうん……見たところイーゼルでも、レーシングカーのおもちゃでもなさそうだ。謎《なぞ》めいた表情といたずらっぽい目をして、彼《かれ》は言葉を続けた。

「さあ、ぼくがここにいるあいだずっと、これを貸してあげよう。ってことは、しばらくずっときみのものも同然だ。でも、ひとつ条件がある……」

ジョンはゆっくりとハンカチをひらいた。ぼくは思わず息を呑《の》んだ。四角いものはチョコバーでも箱入りキャラメルでもなかった。

ハーモニカだ。

ぼくがつかみかけたとき、もうひとりのジョンはさっと手を引いて宝物を遠ざけた。

「ひとつ条件があるって言っただろ」

「条件？　誰《だれ》を殺せばいい？」

「殺せなんて言っちゃいないさ」

「残念。二、三人あてがあったんだけど。じゃあ、なにをすればいいの？」

「このハーモニカを持っていって、明日の晩までに一曲演奏できるようにしてくるんだ。そうしたらあと何週間か、これはきみのものだ。さもなきゃ、ぼくがアマリンテを弾《ひ》くのを見てるだけで満足しなくては」

「アマリンテ？」

「ギターの名前だよ。商談成立かい？」

ぼくはやる気満々《まんまん》で、興奮のあまり鼻の穴をぴくつかせた。そしてひらいた手のひらを差し出した。

「商談成立」

ジョンはぽんとぼくの手をたたき、そのうえにハーモニカを置いた。ハーモニカの重みで気持ちが浮《う》きたった。ぼくはナイトテーブルのうえにあった万年筆をつかみ、波間に漂《ただよ》うセイウチの絵にサインして廊下《ろうか》に出た。口もとに笑《え》みを浮《う》かべ、胸に楽器を抱《だ》いて。

けれども次の瞬間《しゅんかん》、ぼくはくるりとふり返り、ドアの隙間《すきま》から勝ち誇《ほこ》ったような顔で部屋のなかをのぞいた。

「そういやジョン、目玉焼きを食べてなかったよね？　急にお腹《なか》が空いてきちゃったよ」

第15章

もうひとりのジョンは、一曲吹《ふ》けるようにしてくれればハーモニカを貸してくれると言った。

でも次の晩、ぼくがおぼえてきたのは一曲じゃなかった。

二曲だ。

もちろん、学校なんか気にしちゃいられない。この新しい友だちを、早く手なずけなくては。一日、学校をさぼる理由なら、いくらでもある。ほんのちょっぴり風邪《かぜ》気味だとか、まじで暑いとか、文学の小テストがあるとか、ジュリアと出かけるとか。だけど今回は、それよりもっと大事なことだ。音楽をやる、楽器を演奏するんだから。

朝、いつものように家を出た。頭の横で髪《かみ》を分け、顔の真ん中に眼鏡《めがね》をかけて。だけど右に曲がってダヴデイル小学校へむかうのではなく、ぼくは左に曲がった。市街電車《トラムウェイ》の線路のうえで、ケーブルが揺《ゆ》れている。そのうえをつたって、綱渡《つなわた》り芸人みたいに歩き続けた。とても寒い朝だった。ひび割れた膝小僧《ひざこぞう》が隠《かく》れるよう、短い半ズボンのかわりに長ズボンをはけばよかった。ジョージ伯父《おじ》さんのビロードのズボンでも。ほんの数分あれば、セフトン・パークに着く。日中、隠《かく》れているにはもってこいの場所だ。こんなに朝早いと、猫《ねこ》の子一匹《ぴき》いない。ちゃちな鎖《くさり》をまたいで、なかに入った。あんな鎖《くさり》にびびるのは、よほどの間抜《まぬ》けだけさ。ぼくはコロンブスの銅像の台座によりかかった。そしてポケットからハーモニカを取り出す前に、まず大理石に刻まれた説明文を読み返した。そらで覚えている文だ。《アメリカ大陸の発見者は、リヴァプールの礎《いしずえ》を築いた》。いつか大西洋のむこう側、ニューヨークにぼくの銅像が立てられ、こんなふうに記されるかもしれない。《リヴァプールの少年はアメリカの王となるだろう》って。ぼくの詩か絵が認められたおかげで。でもブリキ製のハーモニカを握《にぎ》りしめながら、風が変わったかもしれないと思った。

ぼくは寒さでかじかんだ指を、凍《い》てつく金属のうえで躍《おど》らせた。冷えきった手を温めようとするみたいに、ハーモニカの穴に息を吹《ふ》きこむ。いきなり飛び出した音は、うれしげに跳《は》ねまわった。

野生動物を飼いならさなくては。あれこれ試《ため》しているうち、コツがつかめてきた。吹《ふ》いて、吸って、位置を変えてまた始める。手をこすり合わせ、吹《ふ》いて、吸って、吹《ふ》いて、位置を変え……すると突《とつ》然《ぜん》、まるで神様の指であごの下をくすぐられたみたいにメロディーがあらわれた。『グリーンスリーブス』のメロディーが。ちょっと欠けたところや余分なところもあるけれど、すごいぞ、たしかに『グリーンスリーブス』だ。それから二時間、ぼくはせっせと練習した。穴を息で満たし、音の塊《かたまり》を吐《は》き出す。最後には簡単に吹《ふ》けるようになった。自分でも信じられない。このぼくが演奏してるんだ。これで一曲マスターできた。ハーモニカはぼくのものだ。ずっとではないけれど、これから何週間も好きに使えるのだから、気分は、ずっとも同然だ。ぼくは低音を小さく響《ひび》かせると、昼食のお弁当を食べ始めた。疲《つか》れきったように宙を見つめ、まだ音にうっとりしながら。陽気に鳴くより食いけがまさった二羽のカモメにパン屑《くず》を放ると、早々《そうそう》にまたハーモニカの練習にかかった。ハーモニカはぼくにむかって、満面の笑《え》みを浮《う》かべているかのようだった。

お気に入りの曲を二、三回繰《く》り返したあと――たやすいことだ、一曲しか知らないんだから――手には好きにハーモニカを操《あやつ》らせた。するとまたもや神様が、ちっぽけなぼくに人さし指の先を突《つ》きつけた。今日は神様も、ほかにあんまりすることがなかったんだろう。そうしたら、またもやメロディーがあらわれた。今度は『スウェーディッシュ・ラプソディ』が、空から降ってきた。たちまち時が過ぎていく。はっと気づくと、さぼった授業がそろそろ終わる時間だった。ぼくは立ちあがった。すわりっぱなしでお尻《しり》が痛かったけれど、新たな幸福で胸はいっぱいだった。すこし町をぶらつき、ブライアント・アンド・メイ社のマッチ工場の前まで来た。アジア系やアフリカ系、アイルランド系の労働者たちが大きな鉄柵《てっさく》の門から出入りするのに目を見張った。肌《はだ》の色も顔色も、言葉もさまざまな疲《つか》れ果てた労働者たちに。それからぼくは急ぎ足でミミの家に戻《もど》り、そのままっすぐもうひとりのジョンの部屋にむかった。ジョンはちょうど帰ったばかりだった。

ぼくは彼《かれ》になにも言う暇《いとま》を与《あた》えず、覚えたばかりの二曲を披露《ひろう》した。カモメの前で吹《ふ》いたときよりちょっと下手だったかな。でも、オーディションは楽勝だった。もうひとりのジョンは約束を守っただけでなく、ギターで『グリーンスリーブス』も弾《ひ》いてくれた。あんまり慣れていなかったので、しあわせの味がどんなものかよくわからなかったけれど、きっとこれがそうなのだろうと思った。

というわけで――。

それ以来、ぼくのポケットにはいつもハーモニカがあった。新しい曲も覚えた。『わが息子《マイ・サン》ジョン』の出だしのところだ。それをジュリアの前で演奏するのが夢だった。それしか考えていなかった。夜になるとハーモニカのメロディーは、ダイヤモンドの星空を曲がりくねって走る色とりどりの道をぼくたちに描《えが》き出す。ぼくたちは二人、空の高みで踊《おど》る。眼下で轟《とどろ》くマーガリンの海から遠く離《はな》れて。ぼくはいつも飛んでいた。でもこれからは、もうひとりじゃない。ジュリアがいっしょだ。でも鏡のこっち側で、ジュリアがこんなに遠くに感じられたことはなかった。家出をした日から、ジュリアの家に行くなんて話にも出なくなった。ミミはぼくのハーモニカ演奏が気に入ったらしい。茹《ゆ》でねぎのクリームソース和《あ》えが好きだっていう程度にね。電話でジュリアに聞かせようと言われたけれど、ぼくは断った。ぼくには本物の、生身の聴衆《ちょうしゅう》が必要なんだ。だからイヴァンやナイジェル、ピートたちと、マージー川近くの爆撃地区《ボンビー》で待ち合せた。

やつらは小石の山に腰掛《こしか》け、われんばかりの拍手《はくしゅ》をした。ぼくはまず、『スウェーディッシュ・ラプソディ』から始めて『グリーンスリーブス』に続け、それからまた『狂詩曲《ラプソディー》』に戻《もど》った。聴《ちょう》衆《しゅう》は大喜びだった。ピートなんか歌姫《ディーヴァ》に花束を贈《おく》るみたいに、草の束を投げてよこしたくらいだ。馬鹿なやつだよ。でも胸が熱くなった。ナイジェルが大声で言った。

「『国王陛下万歳《ゴッド・セイヴ・ザ・キング》！』」

「なんだって？」

「ゴッド・セイヴ・ザ・キング（英国国歌）をやってくれよ」

「おまえがゲーリー・クーパー（二〇世紀を代表するアメリカの映画俳優）なみのハンサムならな。そんな猿《さる》みたいな面《つら》じゃなくって。まあ、世の中、うまくいかないもんさ」

大笑いして、ちょっと喧嘩《けんか》した。みんなもの珍《めずら》しいんだろう、ハーモニカを吹《ふ》きたがった。ぼくは少しだけためらい、みんなに吹《ふ》かせた。ぜんぜん音楽にはなってないけれど、それは友情の音だった。

帰り道、ナイジェルといっしょにまわり道して、パーク・ロードの楽器店の前を通った。そこでしばらくショーウィンドウをのぞきこみ、ギターやバンジョー、アコーデオン、太鼓《たいこ》、マンドリンを眺《なが》めた。店の奥《おく》には、白いグランドピアノも端《はし》っこだけ見えた。細工が施《ほどこ》された、まばゆいばかりのハーモニカもあった。ぼくのハーモニカよりずっとぴかぴかだけど、それがなんだっていうんだ。あそこに並んでいるハーモニカに恩義はない。しばらくずっとしあわせな気分でいられたのは、ぼくのハーモニカのおかげなんだ。もう喧嘩《けんか》の衝動《しょうどう》はなくなった。泣いたり逃《に》げ出したりしたいとも思わない。ここ数日、絵を描《か》こうという気もおこらなかった。

「ジョン?」

「うん?」

「ぼくたち、友だちだよな?」

「なに言ってるんだ?」

「二人は友だちだろ?」

「もちろん、ぼくたち二人は友だちさ。なんだと思ってたんだ?」

「いや、きみが言いたいことはわかってる。でも、本当に……ぼくはきみの役に立ってるのかな?」

「もちろん役立っているさ、ぼくの気持ちをなだめるのにね。おまえのおかげで毎日が愉快《ゆかい》だし、しっかり目を凝《こ》らさなくちゃ、ものはよく見えないんだってこともわかった。おまえはハーモニカと同じくらい役立ってるよ」

「楽器を弾《ひ》けないのが残念だな。ぼくも楽器ができたら、二人で楽しめるのに」

「いつかいっしょにやろう。グループを組んで有名になり、世界の果てまで演奏に行くんだ」

「そうなったら、本当にすごいや。でもぼくは、きみみたいな芸術家《アーティスト》には決してなれないな。きみは誰《だれ》かべつの仲間を見つけなくちゃ。こんなイカレた町から遠く離《はな》れたところまで、きみを連れていってくれる仲間を。きみの分身みたいな友だちを」

「かもしれないな。きっと見つかる。でもまずは、二曲半よりもう少し演奏できるようにならないと」

「きみならできるさ、ジョン。才能があるよ」

二人はぽんぽんと肩《かた》を二、三回たたき合った。おれたちはタフなんだと確認《かくにん》し合うために。それから最後にもう一度、黙《だま》ってショーウインドウを眺《なが》めたあと、ぼくらは別々《べつべつ》の道に分かれた。ナイジェルは想像のなかでベースを弾《ひ》きながら遠ざかった。ちょっと気取った感じで。


ミミの家に戻《もど》ったとき、ずっと夢を見てたような気がした。帰り道のことを、まったく覚えていなかったから。ドアをあけると、歓喜《かんき》の波が耳を熱くした。

あの声……ジュリアが来てるんだ！

ぼくはハーモニカをポケットに入れて、キッチンに飛びこんだ。

そのとたん、すべてが凍《こお》りついた。

ジョージ伯父《おじ》さんはお湯が沸《わ》くのをじっと待っている。ミミは深刻そうに眉《まゆ》をしかめ、ガーゼを手にして立っていた。赤く染まったガーゼを。ミミの前に女がひとり、黒いコートにくるまれ椅子《いす》に腰《こし》かけている。顔は血だらけだ。炒《いた》めたベーコンみたいに茶色く腫《は》れた下唇《したくちびる》。丸い黒あざのついた目。彼女《かのじょ》はぼくに気づいて笑おうとしたけれど、笑顔《えがお》にならなかった。声は少し震《ふる》えている。

「おかえりなさい、ジョン。心配しないで。大丈夫《だいじょうぶ》だから」

名前はたぶん、まだジュリアなんだろう。けれどもぼくには、まるで見知らぬ女の人に思えた。彼女《かのじょ》は黒ずんだ血痕《けっこん》が点々《てんてん》とする手を差し出した。

ぼくはくるりとうしろをむき、走って自分の部屋に逃《に》げこんだ。すべて吹《ふ》き飛んだ。ハーモニカも、喜びも、明日も、希望も。あるのは涙《なみだ》にまみれた怒《いか》りと恐怖《きょうふ》だけ。それから、けっして拭《ぬぐ》い去れないあの光景だけ。ぼくに差し出された血まみれの手。

死んだ女の手。

第16章

ぼくは疲《つか》れきっていた。

三日。部屋にこもってもう三日になる。そのあいだずっとベッドに横たわり、本を読んでいた。一日中、同じ本を。でも、同じ話じゃない。てきとうなページまで読んでは本を閉じ、違《ちが》った続きを想像するんだから。書きとめはしなかった。その力は残ってなかった。でも、頭のなかに書いておいた。想像した話が終わると、また本をひらいて、また別のページまで読んで、また別の冒険《ぼうけん》が始まる。そんなことを三日間やっていた。あとはお茶を飲むだけ。なにも食べなかった。みんなは食べさせようとしたけれど。もうひとりのジョンは目玉焼きとトーストを持ってやってきたし、ジョージ伯父《おじ》さんはとっておきのチョコバーで攻撃《こうげき》をしかけてきた。なにしろ配給品だから、伯父《おじ》さんにとっては宝物なんだ。でもぼくは、ドアをあけようとしなかった。せっかく心配してくれてるのに、悪いとは思うけど、男の顔はもう見たくなかった。ドアをあけるのはミミが来たときだけ。

ミミはとりあえず今のところ、女ってことになってるから。ミミもぐんぐん攻《せ》めてきたけれど、こっちも負けていられない。伯母《おば》さんお手製のマフィンに、ぼくは口をつけなかった。

「ジョン、食べなくては」

「いらない」

「どういうつもり？　ハンガー・ストライキでもしてるの？」

「いいや、反ガキ・ストライキだ」

「なんなの、それ？」

「子供でいたって、なんにもいいことはない。思いどおりになることなんか、ひとつもないんだから。服も選べないし、やりたいこともできない。ろくでもない大人たちをぶちのめすこともね。ぶちのめされて当然の大人なのに。だから待ってるんだ。過ぎ去るのを待ってる。だっていつかは過ぎ去るものだろ？　時間はかかるけど、いつかは過ぎる。だから大人になるのを待って、時間をつぶしているんだ」

「でも、食べないで大人になれると思う？」

「いや、思わない」

「だったら、どうして食べないの？」

　死んだ女の手のせいだ。

「お腹《なか》が空《す》いてないからさ」

　ミミはマフィンを眺《なが》めた。まるでそれが、一曲歌いかけてくるとでもいうように。それからぼんやりとしたようすで、もぐもぐと食べ始めた。

「ジョン、ジュリアは元気よ」

「……」

「たしかにびっくりするような光景だったわよね。血が飛び散っているんだもの。でも、それほどじゃないのよ。もう、ほとんど痕《あと》も残ってないし」

「じゃあ、なにもなかったことにするの？」

「そうじゃないけど、毎日の暮らしは続くわ。それが人生ってこと。みんな、前に進んでいくのよ、ジョン」

「だったら進めばいいさ。勝手にね。でも、ぼくは待つ。こんな子供時代が終わるの待つんだ。さあ、もう放っておいてくれよ。ちょっと本を読みたいんだ」

「強情《ごうじょう》なんだから……胸につかえていることを、わたしに言ったほうがいいんじゃない？」

「いいや、ぼくは待ってる。お腹《なか》も空《す》いてない。それにもう。話をするのも嫌《いや》だ。だから、もう話さない」

「あらまあ、今度はそれ？　だったらわたしたちも、ひと休みできるわ。マフィンはほんとうにいらないのね？」

「……」

「残念、おいしくできたのに」

「……」

「そう、わかったわ。学校には電話して、ひどい風邪《かぜ》にかかったって言ってあるから。また電話して、無言スト決行中だなんて言いやしないわ。でもおまえには、元気になってもらわないと。こんな状態が続いたら、みんなも困るわ。マフィンはいちおう、ナイトテーブルに置いておくから。もしかしてってこともあるでしょ。おまえが正気を取り戻《もど》して……」

ミミは出ていった。ぼくはマフィンを見つめた。まるで犬の糞《ふん》だな。でも、形はうまくできてる。

そして四日目、ノックの音がした。またミミが焼き菓子《がし》でも持ってきたなら、追い返してやるかな。でも、ミミではなかった。

それはジュリアだった。

ジュリアはドアの隙間《すきま》から、にっこり笑って顔をのぞかせた。あの素敵《すてき》な笑顔《えがお》を。冷たい手が、ぼくの心臓を握《にぎ》りしめた。ジュリアの唇《くちびる》はまだ少し腫《は》れていたけれど、口紅のおかげでアメリカの女優みたいだった。

「入っていい、ジョニー?」

「……」

「そうそう、ミミが言ってたけど、その舌、猫《ねこ》ちゃんにあげちゃったんだって? (「猫《ねこ》に舌をあげる」というのは「匙《さじ》を投げる、お手上げだ」という意味の言いまわし) 猫《ねこ》ちゃんがもらった舌は、それが初めてじゃなかったみたいね。さっき、階段ですれちがったけど、まるで毛が生えたボウリングのボールだったもの」

「……」

「じゃあ帰るわ。あなたのことは、まあしょうがないか」

ジュリアはベッドの足もとに腰《こし》かけた。ぼくにくれたシャツと同じ色のワンピースを着ている。彼女《かのじょ》はおどけたように鼻にしわを寄せた。

「空気を入れ替《か》えたほうがいいんじゃない？　老いぼれポニーみたいな臭《にお》いがするわよ、ここは」

「……」

「ジョニー、話さなくたってかまわないわ。この町には、無駄《むだ》なおしゃべりをするひとが多すぎるもの。でも、なにか食べなくちゃ。お茶だけじゃ、元気が出ないでしょ。それじゃあ、まるで幽霊《ゆうれい》。あと二日も絶食を続けたら、姉さんそっくりになっちゃうわよ」

「……」

「ジョニー、わかるでしょ、大したことなかったの。このあいだはひどい顔だったけど、今日はほら、ふるいつきたくなるような美人でしょ？」

「……」

「なにがあったか、知りたい？」

「……」

「知りたくないの？」

「……」

「そうよね。どうでもいいことだもの。大事なのはあなた。ミミが言ってたわ、反ガキ・ストライキをしてるんですって。いい考えね。詩人らしい思いつきだわ。だってそうなんでしょ、ジョニー。あなたは詩人よ。間違《まちが》いないわ」

「……」

「あなたはハーモニカ演奏もしてるんですってね。聞かせてくれる？」

演奏するのは話すことじゃない。演奏するのは食べることでもない。だったらかまわないか。ぼくは枕《まくら》の下で眠《ねむ》っていたハーモニカを取り出し、『わが息子《マイ・サン》ジョン』を吹《ふ》いた。青痣《あおあざ》のついたジュリアの目はたちまち輝《かがや》きを取り戻《もど》し、彼女《かのじょ》は歌い始めた。曲が終わると、ジュリアはぼくが音程をはずしたのに気づかなかったふりをして拍手《はくしゅ》した。

「ブラボー、ジョニー！　とっても上手だったわ。これこそ、学校なんかじゃ教えてくれないこと。

音楽よ、ジョニー。これこそあなたの進むべき道だわ。音楽！　そうでしょ？」

ジュリアはもう少しぼくに近寄り、手を取った。レモンの香《かお》りがした。

「ウクレレも教えてあげる。今度、ひとつ手に入れて。なに、難しくないから。たしか小さなアコーデオンもあったはず。屋根裏部屋じゃないかしら。右手は簡単よ。子供でもっていうか、未来の大人でもできるわ……」

「……」

「ウクレレが上達したら、次はギターもいいわね。本物のギター。でもここじゃなくて、わたしの家に届けさせましょう。ミミが叩《たた》き壊《こわ》して、燃やしちゃうかもしれないでしょ。ミミと音楽は相《あい》性《しょう》最悪だから」

ジュリアは手を放して立ちあがり、ぼくにふっと投げキッスをした。本物のキスのほうがいいのに。ジュリアはドアに歩みより、厚い唇《くちびる》に笑《え》みを浮《う》かべてふり返った。

「約束よ、ジョニー！　そのうち二人でスウィングしましょう。音楽、それは人生。ミミの指図《さしず》なんか聞くことないって。換気《かんき》をしなさいって言われたときは別だけど。それはミミが正しいわ。ここ、臭《くさ》いわよ」

ジュリアはドアをあけ、姿を消しかけた。そのとき、小さな声がジュリアを引きとめた。

「ありがとう、ママ」

どうやらそれは、ぼくの声だったらしい。ほかにはここに、誰《だれ》もいないのだから。

ジュリアはぼくに二度目の投げキッスを送り、きっぱりと姿を消した。

ぼくはナイトテーブルのうえに置きっぱなしだったマフィンに、ためらわずかぶりついた。石みたいにカチカチで、少しかび臭《くさ》かった。

でもそれは、これまでぼくが食べたもっともおいしいものだった。

第17章

ぼくに革命が訪《おとず》れたのはスタジアムからの帰り道、ちょっとした偶然《ぐうぜん》からだった。ジョージ伯父《おじ》さんはときどきサッカーの試合を観《み》に、グディソン・パークに連れていってくれた。サッカーはあまり好きではなかったけれど、伯父《おじ》さんのことは好きだったので、いっしょについていった。試合のあいだボールではなく、横目で観客を眺《なが》めた。ぼくは母さんと同じ目なので、いつもちょっとわき見をしている。スタンド席の人々《ひとびと》を見まわし、なかのひとりを想像の網《あみ》にすくいあげる。彼《かれ》に名前をつけ、家族を作り、性格を考える。彼《かれ》がなにかトラブルに巻きこまれ、どうやって切り抜《ぬ》けるかを見守る。ハーフタイムになると、ぼくたちは三角の紙袋《かみぶくろ》に入ったフライドポテトや焼き栗《ぐり》を食べた。そして審判《しんぱん》が試合再開の笛を吹《ふ》くと、ぼくもまた想像を続ける。ぼく自身のヒーローを作り出しているんだ。そんなのしがない労働者階級《ワーキングクラス》のヒーローだって、ミミならたぶん言うだろう。でもぼくにとっては、魔法使《まほうつか》いや海賊《かいぞく》に負けないすごい人たちだった。だから夕方、家に帰ったら、毛布の下に隠《かく》れてさっそく彼《かれ》らの絵を描《か》いた。変身させてみなかったのはひとりだけ。ラッパ男だ。彼《かれ》は初めから、とてつもない人物だった。ぼくが言ってるんじゃない、ジョージ伯父《おじ》さんの意見だ。

ラッパ男の名前は誰《だれ》も知らないけれど、みんな彼《かれ》のことを知っている。得意技《とくいわざ》は楽器で試合の解説をすることだ。コートのうえでなにか展開があると、それにぴったりの曲を演奏する。敵の選手がペナルティキックをしくじれば、『アヴェ・マリア』を吹《ふ》き、ボレーシュートがゴールのはるか上を飛んでいったら、『海越《こ》え、山越《こ》え』を奏《かな》で始めるというように。選手同士が握手《あくしゅ》をすれば『結婚行進曲《けっこんこうしんきょく》』が聞こえ、怪我《けが》をした選手が担架《たんか》で運び出されれば『葬送行進曲《そうそうこうしんきょく》』が鳴り出す。本当にすごい人だよ。彼《かれ》のおかげで、試合中みんなが笑ったりびっくりしたりしていた。彼《かれ》は現実を変えてしまう。ああいうのもやっぱり、芸術家《アーティスト》って言えるんだろう。

あるとき、選手たちが審判《しんぱん》に抗議《こうぎ》を始めた。さあ、フリーキックの笛は吹《ふ》かれるだろうか。みんなどきどきしている。するとラッパ男は不安感を高めるような、ゆっくりとした曲を吹《ふ》き始めた。とってもいいメロディーだ。ぼくは伯父《おじ》さんのほうを見て、あれはなにと表情でたずねた。すると伯父《おじ》さんは、物知りぶった口調で答えた。

「ベートーヴェンの交響曲《こうきょうきょく》第七番だな。フライドポテトを食べちまいな」

ジョージ伯父《おじ》さんは音楽好きだった。家に蓄音機《ちくおんき》も置きたがっていたけれど、ミミの許しが出なかった。ラジオで充分《じゅうぶん》、というのが伯母《おば》さんの意見だ。そしてジョージ伯父《おじ》さんは、いつもミミ伯母《おば》さんの言いなりだった。太った犬が、飼い主のおばちゃんに従うように。ジョージ伯父《おじ》さんは、犬みたいに毛むくじゃらではないけれど。生えているのは鼻毛と、背中の毛くらいのもんだ。

試合のあと、ぼくは交響曲《こうきょうきょく》第七番を練習してみた。ゆっくりした曲だから、あまり難しくなかった。でも、ほんの少し聞いただけなので、記憶《きおく》をたよりにやらなくてはならなかった。それはのぼったり降りたりを繰《く》り返し、斜面《しゃめん》を這《は》いあがっていくような曲だった。うきうきするようなメロディーじゃない。それでもぼくはがんばってやりとげた。どうしてもわからないところもあった。ベートーヴェンの曲が思い出せなければ、自分で考えた。今の今までどこにもなかったメロディーを、この手で作り出した。絵を描《か》いたり、詩を作ったりするみたいに、これはぼくが生み出したものなんだ。ベートーヴェンの第七にちょっと似ているけど、そのまんまじゃない。テンポを速くしてメロディーにも手を加え、どきどきする感じを生きる喜びに変えた。そうやってハーモニカを吹《ふ》いていると、ジョージ伯父《おじ》さんは知らず知らずのうちに足で拍子《ひょうし》を取っていた。ぼくの音楽はまっすぐ伯父《おじ》さんの頭から足の指へと伝わり、体に取りついてしまった。ぼくの音楽には魔法《まほう》の力がある。ぼくは魔法使《まほうつか》いなんだ。

そのときどんなふうに感じたか、うまく説明できない。それまで鍵《かぎ》がかかっていた広くて明るい部屋に、やっと入ることができたような気がした。このメロディーを手始めに、ほかにもたくさんのメロディーが、これから次々《つぎつぎ》飛び出してくるような気が。

ぼくの人生は、太陽の光が降りそそぐ道にむかって、今カーブを切ったんじゃないか。ぼくはまっすぐに続く確かな道を、歩み始めたんじゃないか。

こうしてぼくは試合の翌日、家の庭で柵《さく》に寄りかかり、わが作品を何度も繰《く》り返し演奏していた。ところどころ間を入れたり、リズムを変えたりして念入りに仕上げた。ミミは長椅子《ながいす》に腰《こし》かけて靴《くつ》下《した》を繕《つくろ》い、ジョージ伯父《おじ》さんはせっせと庭仕事に精を出していた。これなら立派な庭師になれると言わんばかりに。一時間ほど練習したあと、ぼくは膝《ひざ》にハーモニカを置き、悲しげに眺《なが》めた。あと数週間で、もうひとりのジョンはハーモニカといっしょに、この家を出ていく。置いてって、とたのむのはやめておこう。そんなこと、すべきじゃない。盗《ぬす》んだものは盗《ぬす》んだもの、借りたものは借りたもの。笑ってすましちゃいけないこともあるんだ。ミミはちょっと手を休め、おかしな目つきでぼくを見た。

「それって誰《だれ》の曲なの、ジョン？」

「ぼくのさ」

「ふざけないで、ジョン。誰《だれ》が作ったの？」

「だからぼくだって。ちょっとベートーヴェンをまねたけどね」

ミミの目が変わった。やっぱりおかしな感じだけれど、さっきとはどこか違《ちが》っている。伯母《おば》さんがあんな目をしたことは、今まで一度もなかった。なんだかよくわからない。でもあれは、誇《ほこ》りみたいなものじゃないかな。ミミはまた靴下《くつした》を繕《つくろ》い始め、やさしい声でこう言った。

「きれいな曲ね」

その言葉を聞いて、ぼくは背中のあたりがむずがゆくなった。翼《つばさ》が生えてきたみたいなむずがゆさだった。心もいっしょに飛び立った。ミミはぼくが作った曲が気に入ったんだ。ぼくの芸術《アート》が好きなんだ。ぼくは芸術家《アーティスト》だって、わかってくれた。ミミが変わったら、それといっしょに世界が変わった。ずっと隠《かく》しておいた絵をみんな、突然《とつぜん》ミミに見せたくなった。これまでぼくが書いてきた言葉、文章、世界を、ミミが一度も見たことのないものを、目の前に並べてやりたくなった。ぼくは部屋へ駆《か》けあがり、マットレスを持ちあげた。時間が止まり、静寂《せいじゃく》がすべてを呑《の》みこんだ。そのなかに、灰となって足もとに落ちる翼《つばさ》の音だけが響《ひび》いた。

マットレスの下は空っぽだった。

なにもない。

蜘蛛《くも》の巣も埃《ほこり》も、絵や詩、お話も。みんなきれいさっぱり消えてしまった。なんてことだ。

ぼくは棺桶《かんおけ》のふたを閉めるみたいに、そっとマットレスをおろし、ふらふらと庭に戻《もど》った。ミミは満足げに靴下《くつした》を眺《なが》めている。

「ぼくの……ぼくの絵や詩が……」

「なんの話？」

「ないんだ……マットレスの下に隠《かく》しておいたのに……」

「ああ、マットレスの下にあったものなら、埃《ほこり》だらけだったからちょっと片づけたわ」

「どこにやったのさ？」

「燃やしたわよ、ジョン。その前に、ちらっと目を通したけれど。でたらめないたずら書きと、わけのわからない詩に。どうせまた書くんでしょ。そのときは、もっとましなのを書きなさい。あれじゃあ意味がわからないわ」

ジョージ伯父《おじ》さんは剪定《せんてい》ばさみを手に、まだ背をむけている。でも伯父《おじ》さんは、彫像《ちょうぞう》みたいに固まっていた。どのみちこちら側の世界では、もうなにひとつ動くものはない。胸に浴槽《よくそう》の排水口《はいすいこう》みたいな穴が、ぽっかりとあいたような気がした。血は遠く沖《おき》へと流れ出て、血管には泥《どろ》が詰《つ》まった。ぼくはミミに近寄り、その目をじっと見て、顔にひとさし指を突《つ》きつけた。口から言葉が飛び出したとき、唇《くちびる》が少し震《ふる》えた。でもそれは、自分の声じゃないみたいだった。

「いつかぼくは有名になる。そんなことをして、あとで後悔《こうかい》するなよ」

それからぼくはまたのろのろと柵《さく》に寄りかかり、すわって膝《ひざ》のあいだに顔をうずめ、少し泣いた。声を出さないようにして。

「くそ……」

そう言ったのはジョージ伯父《おじ》さんだった。また指を切ったんだ、とミミは思ったことだろう。でも、本当にそうだろうか？

第18章

ぼくはあんまり旅が好きじゃないけれど、いつも旅立ちたいと思っていた。よく友だちといっしょに町の空港まで行き、大きな飛行機が飛び立つのをみんなですわって眺《なが》めた。なかはどうなっているんだろう？　ぼくらみたいな人間には、あんな飛行機、縁《えん》がないとわかっている。飛行機に乗るチャンスなんかないさ。ミミがボクシングの世界チャンピオンになれるわけないのと同じで。でも、夢を見るのは自由だ。だからぼくたちは夢見た。世界の果てにむかおう。ウィーン、ジブラルタル、北極、サハラ砂漠《さばく》にむかおう。ちっちゃな救命ボートでもいい。難破船みたいなこの町から、命からがら逃《に》げ出すんだ。考えてみればタイタニック号が作られたのは、ここだったんだから……。

現実世界でぼくがいちばん長旅をしたのは、バス旅行だった。灰色の町にすっかり嫌気《いやけ》がさし始めたころ、ミミの妹の家に行くことになった。ジュリアとは別の、もっと遠くに住んでいる妹だ。ミミ伯母《おば》さんには四人の妹がいる。スタンリー家の五人姉妹《しまい》、いずれ劣《おと》らぬ猛者《もさ》ぞろいだ。ひとりずつでもなかなかなもんだけど、全員集まったときの騒《さわ》がしさと言ったらない。性格はそれぞれ違《ちが》うのに、みんな一本筋が通ってる。ミミ、ジュリア、エリザベス、ハリエット、アンがそろったところは壮観《そうかん》だった。元気いっぱいで、美人で。男たちはなるべく目立たないよう、壁《かべ》ぎわに集まるか、姿を消すか、庭で煙草《たばこ》を吸うかした。そのほうが無難さ。でも五人姉妹《しまい》が一堂に会する機会はめったになく、ぼくが会うのはたいていひとりずつ別々《べつべつ》にだった。今回はエディンバラの伯母《おば》さんの家に、バスで行くことになった。

そう、ぼくのなかも外も、ちょっと灰色になりすぎた。場所を変えてみるときだ。むこうに行ったからって、太陽がもっと明るいわけではないけれど、灰色にもいろいろあるだろう。それにぼくは伯母《おば》さんの家より、芸術祭《フェスティバル》が目当てだった。

あのフェスティバルは、ぼくが世界で一番好きなもののひとつだ。何日ものあいだ、町はいたるところ芸術家《アーティスト》たちでいっぱいになる。演劇、道化芝居《しばい》、オペラ、絵画……室内で行われるスペクタクルは高くて手が出ないけど、大道芸ならただで見られる。灰色の気分を塗《ぬ》り替《か》えるには最高だ。バスに十時間揺《ゆ》られるだけの価値はあるさ。

出発のときは、みんな無口だった。ジョージ伯父《おじ》さんはいつものことだけど、ミミとぼくは珍《めずら》しい。たいていがんがん口喧嘩《くちげんか》をして、ユーモアにくるんだ毒槍《どくやり》を投げ合っている。まるで花火だ。けれどもその日、朝早くから続く沈黙《ちんもく》は、多くのことを語っていた。怒《いか》り、裏切り、当惑《とうわく》、悲しみ。なんて雄弁《ゆうべん》な沈黙《ちんもく》だろう。

もう時間だ。スーツケースをバスのトランクにしまう。ジョージ伯父《おじ》さんはチョコバーをくれて、自分のハンチングをぼくの頭にかぶらせた。どうしてそんなことをしたのか、きっと伯父《おじ》さんにもわからないんじゃないか。でもぼくは嬉《うれ》しかった。ミミは少しお小遣《こづか》いをくれた。ぼくはお礼を言わなかった。小さなリュックサックをつかみ、バスの前へと歩き出す。ミミはぼくを呼びとめた。

「ジョン」

ぼくは固い表情のまま、ミミのほうに戻《もど》った。伯母《おば》さんは燃えた紙、灰になった絵、焦《こ》げた詩の臭《にお》いがした。伯母《おば》さんはバッグのなかをごそごそ探して、プレゼントの包みを取り出した。なんだよと言わんばかりにぼくは眉《まゆ》をひそめ、受け取ろうとしなかった。ミミはいらいらしたように言った。

「さあ、あけて。バスが出ちゃうから」

ぼくは少し乱暴すぎるくらいに包みをひったくり、包装紙を破った。それは小型のスケッチブックだった。茶色い革《かわ》の表紙がついたスケッチブック。ぱらぱらと白いページをめくる。でも、ただ白いんじゃない。厚手の紙に指で触《ふ》れると、やる気がわいてきた。絵を描《か》くための紙、アーティストの紙だ。スケッチブックといっしょに、金色の細いリボンで飾《かざ》られたデッサン用の鉛筆《えんぴつ》もついていた。こんなにすごいプレゼントは初めてだ。ぼくは顔をあげてミミを見た。伯母《おば》さんは申しわけなさそうに笑っていた。

「大事に使うのよ。むこうで目にしたもの、感じたことを絵に描《か》いて。戻《もど》ったら、わたしたちにも見せてね」

胸の奥《おく》から湧《わ》きあがった《ありがとう》の言葉は、食いしばった歯の壁《かべ》にあたって砕《くだ》けた。どんどんと何度も壁《かべ》を突破《とっぱ》しようとするのに、やっぱりだめだ、口から出ない。なにしろぼくの歯は丈夫《じょうぶ》だから。

「ほら、時間よ」

ぼくはスケッチブックをリュックサックに突《つ》っこみ、バスに乗った。窓側の席にすわり、ちらっと外を見る。ミミとジョージは急に年老いて小さくなり、着ている服までみすぼらしく見えた。心臓がどきどきした。ぼくはスケッチブックを撫《な》でた。心臓は今にも破裂《はれつ》しそうだ。ぼくはいきなり立ちあがってバスのステップを降り、歩道に飛び出してミミのほうに突進《とっしん》した。そしてなにもためらわず、その首にしがみついた。骨が折れそうなくらい、力いっぱい抱《だ》き寄せた。いっしょに暮らすようになって初めて、ミミの頬《ほお》にキスをした。ぼくは伯母《おば》さんの耳もとで、「ありがとう」と小声で言った。ミミはなにも言わなかった。ただじっとしている。目に涙《なみだ》が浮《う》かんでいたけれど、それは朝の冷たい風のせいかもしれない。でも、たぶんそうじゃない。

ぼくはすっ飛んでバスに戻《もど》った。席につくなり、バスは動き出した。窓から外を見ると、ジョージとミミが遠ざかっていく。ミミは伯父《おじ》さんの腕《うで》を取り、まるで歩道から数センチ浮《う》きあがって踊《おど》ってるみたいだ。二人とも、突然《とつぜん》大きくなって若返って、立派に着飾《きかざ》る王子様とお姫《ひめ》様のようだった。すぐに二人は小さな点になり、灰色の景色に呑《の》みこまれた。

ぼくはシートに身を落ち着けた。目的地まで十時間。さらにぼくの前には、長い人生が待っている。

ぼくはすぐに眠《ねむ》ってしまったらしい。ずいぶん寝《ね》たのだろう。目をあけたとき、太陽はもう空高くにあったから。窓の外には緑の草原が広がり、牝牛《めうし》がもの珍《めずら》しそうにこっちを見ている。ぼくの席はバスのいちばん奥《おく》だった。近くには、小柄《こがら》なおばさんがひとりいるだけ。おばさんはウサギの毛皮のコートにくるまって、ラヴェンダーの香水をぷんぷんさせている。ぼくはリュックサックに手を入れ、水筒《すいとう》を取り出した。ついでにスケッチブックを撫《な》でてみる。やっぱり夢じゃなかった。さもなきゃついに、夢のなかからぶんどってきたのか。どっちでもいいさ。ぼくは水筒《すいとう》といっしょに、ハーモニカも出した。ひと口水を飲み、吹《ふ》き始める。最初は小さな音で。それからだんだんと大きな音で。レパートリーが尽《つ》きると、新しいメロディーも続けた。今朝、目を覚ましたとき、まるで夢のなかで思いついたみたいに浮《う》かんできたメロディーだ。それは太陽と花を描《えが》いた調べだった。楽しく生き生きとした調べ、どこかかなたの調べ。たっぷり一時間ほど吹《ふ》いていたら、ウサギの毛皮を着た小柄《こがら》な伯母《おば》さんは、ぶつぶつ言って席を変わった。まあ、いいさ。前のほうにすわっているほかの乗客たちがぼくに笑いかけ、目で励《はげ》ましてくれた。だから演奏を続けた。いつまでも、いつまでも。

さすがにお腹《なか》が空《す》いてきたし、唇《くちびる》も痛くなったので、ぼくは吹《ふ》くのをやめた。ハーモニカを片づけ、かじかんだ指でサンドイッチをつまんだ。長旅の続きは頭にかかる霧《きり》のなかだろう。まどろみのあとには、雲から雲、牝牛《めうし》から牝牛《めうし》、木から木へと空想が駆《か》けめぐる。

バスはえんえん走り続けたあと、ようやく止まった。乗客たちはみんな腰《こし》を押《お》さえ、関節をぽきぽき言わせながらバスを降りた。ぼくも石棺《せっかん》から出てきたエジプトのミイラみたいだった。スーツケースをトランクから取り出し、バスターミナルの大きな時計の下に立った。そこが伯母《おば》さんと待ち合わせの場所だった。

あたりにほとんど人気《ひとけ》がなくなると、男がひとり近づいてきた。乗ってきたバスの運転手だった。ひげ面《づら》の大男で筋骨隆々《りゅうりゅう》、突《つ》き出たお腹《なか》はふやけたビール腹じゃなく、まるでコンクリートの塊《かたまり》だ。目つきはいかめしく、もじゃもじゃの眉毛《まゆげ》をしている。

「おい、ぼうず」

見かけどおりの声だった。人喰《ひとく》い鬼《おに》の声。

「うん?」

「さっきおれのバスで演奏してたのはおまえか?」

はいと答えたら、面倒《めんどう》なことになりそうだと思ったけれど、手にハーモニカを持っているんだから、ごまかしは効きそうにない。

「はい、そうです」

運転手はいまいましげにハーモニカをにらみつけ、それからぼくの目を見つめた。悪知恵《わるぢえ》にかけては誰《だれ》にも負けないと、みんなが認めるぼくだけど、なにも言い返せなかった。自分がとてもちっぽけに思えた。

「おまえのハーモニカなのか？」

「はい。ああ、いえ、ぼくのじゃないんですが」

沈黙《ちんもく》が続いた。運転手はなにか考えている。そのあいだ、ぼくは指輪をいくつもはめた毛むくじゃらの大きな手を見つめていた。

「エディンバラのフェスティバルに来たんだな？」

「はい」

「じゃあ、明日また会おう。ちゃんと来いよ、大事なことだから。じゃあ、明日」

運転手はくるりとうしろをむき、歩き出した。

「おじさん？」

「なんだ？」

「でも……どうやって？　どこで会うんですか？」

「こっちでおまえを見つけるから」

男はバスに乗り、ゆっくりと走り出した。いったいどんなやっかいごとに、巻きこまれてしまったんだろう？　ぼくを見つけた伯母《おば》さんに、やさしくキスされたときも、まだそれが気になってしかたなかった。

第19章

エティンバラに来たときには、しなくちゃいけない儀式《ぎしき》がある。今回もきちんと守った。でもそれは、伯母《おば》さんが用意した揚《あ》げ物を食べることじゃない。かちかちの揚《あ》げ物は一個の半分で、銀河系のブラックホールをふさげるほどだった。儀式《ぎしき》っていうのは《アーサーの玉座》、町を見おろす大きな丘《おか》のことだ。中心街から出発して丘《おか》をのぼり始めると、家はだんだん少なくなり、二時間もするとてっぺんに着く。脚《あし》はマーマレードみたいにぐにゃぐにゃだけど、エディンバラの町が目の前に広がる。うしろをふり返れば、はるかかなたに海も見える。天地創造の神様が、世界を眺《なが》めている気分だ。二時間っていうのは前回の話で、今日は一時間半ほどでのぼることができた。うまく説明できないけれど、ぼくのなかでなにかが変わりつつあるようだ。ぼくは変化している。ひとつは腕《うで》やふくらはぎに新たな力がみなぎってきたこと。《アーサーの玉座》にのぼるにはちょうどいい。ひとつは心臓や瞼《まぶた》が感じやすくなったこと。すぐに涙《なみだ》がこみあげてくる。

今回は、ぼくひとりでのぼり、伯母《おば》さんは家にいることにした。平らなところでも歩くのにひと苦労だったし、紙の造花を準備しなくてはならなかったから。造花は夜、祭りがあがったとき窓に飾《かざ》るのだ。頂上に着いて神様の岩に腰《こし》かけると、早くも町のあちこちから音楽が聞こえてきた。音楽はぼくの頭上で混ざり合い、奇妙《きみょう》な音の塊《かたまり》になった。ひと息つくとすぐに全速力で丘《おか》を駆《か》けおり、見られるものはすべて見ようと町の通りにむかった。まだほやほやの記憶《きおく》を呼び起こすものは、なにひとつ逃《のが》すまいと。いちばんの目玉は、今夜城の下で行われるスペクタクルだった。パレードもミュージシャンも、みんなそこに集まる。世界各国の軍楽隊が、ファンファーレを奏《かな》でて観客の前を通りすぎる。アメリカ勢はお得意の熱狂的《ねっきょうてき》なスウィングでいつも聴衆《ちょうしゅう》を沸《わ》かせるけれど、いちばん受けるのはやっぱりスコットランド勢だろう。当然のことだ。ここはホームグラウンドなんだから。ここで待っていれば、伯母《おば》さんに会えるはずだ。

けれども歩き出したとき、思ったほど心は軽くなかった。まるで靴下《くつした》に小石が入っているように。

もじゃもじゃのひげを生やし、指輪をいくつもはめた小石が。町に近づくにつれて運転手の顔が記《き》憶《おく》によみがえり、口のなかに不快感がこみあげた。あいつは何者なんだろう？　ぼくになんの用があるんだ？　どうしてまた会いたいなんて？　少年にべたべたしたがるイカレ野郎《やろう》なのか？　それとも、ハーモニカの音で耳がおかしくなったとか言って、ぼくの耳をちょん切ろうとしてるとか？

そんなことを考えながら町に着いたら、小石はたちまち消え去った。

大丈夫《だいじょうぶ》、通りは黒山の人だかりだ。こんな大群衆のなかじゃ、見つかりっこない。いたるところ、歌声が鳴り響《ひび》いている。仮装した人々《ひとびと》やもの売りであふれ返り、みんな笑ったり、ビールをひっくり返したりの大騒《おおさわ》ぎだ。右に曲がって、もう少し静かそうな通りに入ると、目の前を行列が通った。歩道の同じ側から、ぐいぐいこっちに迫《せま》ってくる。そこまでなら驚《おどろ》くことではないけれど、なんとそれはペンギンの行列だった。ペンギンの扮装《ふんそう》をしているんじゃない、本物のペンギンが二十羽ほど、よちよち楽しげに歩いているんだ。たしかにぼくは、ジュリアみたいな目をしている。ジュリアと同じように、現実が歪《ゆが》んで見える。でも今回は、間違《まちが》いなく現実の出来事だ。もしかしたらぼくは鏡のむこう側へ、本当に転がりこんでしまったんじゃないかって思ったくらいさ。

きっと、そうだ。ぼくは頭がおかしくなったんだ。必死に抵抗《ていこう》してきたけれど、とうとう人生がはじけ飛び、頭のたがはずれてしまった。そしてペンギンが歩道を歩いたり、クジラが浴槽《よくそう》を泳いだりするのを眺《なが》めてる。これがぼくの人生ってわけだ。ともかくここは壁《かべ》ぎわに寄って、行列をやりすごそう。それでもぼくは目を見ひらき、この光景をすばやくデッサンすることにした。ところがさらに驚《おどろ》いたことに、鏡のむこう側に入りこんだのは、ぼくひとりではなかった。ほかの通行人たちにも、ペンギンの行列は見えているらしい。みんな指さし、笑っている。写真に撮《と》ったり、歩き方をまねたりする者までいた。行列のうしろから、三つ揃《ぞろ》いを着てやけに小さなハンチングをかぶった男がついてくる。男は短い棒をふって、ペンギンたちを誘導《ゆうどう》している。男が近くまで来たとき、ぼくはたずねた。

「これって……本物ですよね？　つまりその、現実の出来事なんですよね？」

「そうとも、きみ。これは町の動物園のペンギンで、わたしはその指導員だ」

「逃《に》げ出したんですか？」

「とんでもない。毎週、こうやって散歩をさせ、みんなが動物園へ見に来るよう宣伝しているのさ。面白いだろ？」

「セイウチは？」

「なんだって？」

「セイウチはどこに？」

「ええと……悪いが急いでるんで……じゃあまた、動物園で！　こらこら、ミルドレッド！　列に戻《もど》れ！　行儀《ぎょうぎ》よくするんだ、みんなが見てるぞ」

きっとぼくは、馬鹿みたいな顔をしてただろう。丘のうえにたたずむ馬鹿《フール・オン・ザ・ヒル》。でもこの町は、頭のおかしな連中ばかりだ。だから気分がよかった。ぼくはスケッチブックに目をやった。脚《あし》を二本描《か》く暇《ひま》しかなかった。もっとスピードをあげないと。

ダンスから手品へ、出店から曲芸へ、アコーデオンからバンジョーへと一日中見て歩き、太陽も疲《つか》れを見せ始めた。ぼくはほかのみんなと同じく、城の広場にむかった。前庭のまわりを、ベンチや階段席が四角く囲んでいる。あと数分で、各国の軍楽隊代表団がやってくるはずだ。今年は六千人以上の観客が集まるらしいと、みんな口々《くちぐち》に言っている。若きエリザベス王女もお着きになった、とってもおきれいで、などと話す声もする。雨が降らなきゃいいんだが、と誰《だれ》もが思っていた。あたりに満ちあふれる楽しげな雰囲気《ふんいき》に、めまいがしそうなほどだった。ぼくは階段席に陣取《じんど》り、ジョージ伯父《おじ》さんのハンチングを隣《となり》に置いて、伯母《おば》さんの席を確保した。でもこのぶんじゃ、ぼくを見つけられないかもしれないな。それならそれで、好都合だ。ひとりで出し物を楽しめる。やがてゆっくりと日が暮れ始めると、照明が灯《とも》って警備員たちの声がした。いよいよ始まるぞ。

最初の軍楽隊が舞台《ぶたい》にあがった。どこの国かはわからないけれど、軍服姿はがちがちに武装した敵軍を蹴散《けち》らすというより、まるで蝶々《ちょうちょう》でも採《と》りに行くようだった。ぼくは力いっぱい拍手《はくしゅ》をした。いろんな国の軍楽隊がやってきては、出し物が続いた。どれも光り輝《かがや》くように陽気で、厳《いか》めしく、重厚だった。お次はアメリカですとアナウンスがあったとき、伯母《おば》さんが隣《となり》の席につく気配がした。伯母《おば》さんはハンチングのうえに腰《こし》かけた。ふりむいて話しかけようとして、ぼくは口をあんぐりとあけ、凍《こお》りついた。

見ると伯母《おば》さんはひげを生やし、体が膨《ふく》れあがっていた。バスの運転も、お手のものだろう。

そう、そこにいたのはあいつだった。

あの男だ。

とっさに逃《に》げ出そうと思ったけれど、男のよく響《ひび》く声で、ぼくはその場に釘《くぎ》づけにされた。

「言っただろ、見つけるって。軍楽隊は好きか？」

「はい、ぼくは……」

「おれはアメリカが好みだが、おまえは？」

「ぼくもです」

ぼくたちはプログラムに沿って続く軍楽隊の演奏を眺《なが》めた。でもぼくは気もそぞろで、もうなにも耳に入っていなかった。小石がまたあらわれた。しかも今度は、岩くらいの大きさになって。

「おまえはバスでハーモニカを吹《ふ》いてたよな」

たずねているんじゃない。文句を言ってるのでもなさそうだ。確かめているだけらしい。

「はい」

「長いこと吹《ふ》いてるのか？」

「はい、すみませんでした。けっして……」

「じょうずだな。とてもうまい」

運転手は上着の内ポケットに手を突《つ》っこみ、赤いビロード張りの小さなケースを取り出して、ぼくに差し出した。

「おまえにやるから、取っておけ」

「なんですか、これは？」

「あけてみりゃわかる」

笑うといっそう恐《おそ》ろしい顔になる人がいる。運転手の男も、そんなひとりだった。ぼくはまだ安心できないまま、ケースをそっとつかんであけてみた。なかに毒蛇《どくへび》でも隠《かく》れていやしないか、なにか仕掛《しか》けがあるんじゃないかとびくびくしながら。でも、そうじゃなかった。

ビロードのケースに収まっていたのは、ハーモニカだった。もうひとりのジョンのハーモニカとはものが違《ちが》う。こっちは金でできているみたいにきらきらと光り輝《かがや》き、走る馬の姿をした渦巻《うずま》き模様が刻まれている。すごいぞ、これは。

「おまえのだ」

「ぼくの？　でも、どうして？」

運転手の男は、アメリカの軍楽隊をじっと眺《なが》めている。聴衆《ちょうしゅう》の拍手喝采《はくしゅかっさい》のなか、ちょうど演奏が終わったところだった。でもぼくと同じで、目に入っていないようだ。男の目は遠くを見つめていた。まわりの景色や時間を飛びこえ、どこか痛ましい場所へと消えていった。

「息子《むすこ》がひとりいてな。歳《とし》はおまえよりずっとうえだ。あんまりいい関係じゃなかったが。まあ、あんまり……おれは息子《むすこ》が芸術家《アーティスト》になればいいって、ずっと思ってた。あいつがこの世界を塗《ぬ》り替《か》えてくれりゃいい、きれいにしてくれりゃいい、造りなおしてくれりゃいいって。ミュージシャンになればと期待して、息子《むすこ》が十三歳《さい》のときにこのハーモニカを買ったんだ。これが夢と美の世界の入口になるんじゃないかって。でもあいつは見むきもせず、こう言っただけだった。《こんなもので、なにをしろっていうんだ。おれはナイフのほうがよかったのに》ってね。言い争いになって息《む》子《す》は出ていき、おれはハーモニカを引き出しにしまった。いつか、音楽の才能がある少年に出会ったら、これをあげることにしようと心に誓《ちか》って。息子《むすこ》はコックとして船に乗り、世界中をまわってる。アラスカにいるのかニュージーランドにいるのか、神のみぞ知るさ。おまえの演奏を聞いて、とうとう見つかったとわかった。おまえには才能がある。とてもな」

金色のハーモニカに手を置くと、喉《のど》が締《し》めつけられるような気がした。

「ぼくはだめです」

「いや、おまえならできる。偉大《いだい》なアーティストになれる。それだけのものを持ってる。そこに、心の奥底《おくそこ》に、喜びと苦しみ、太陽と闇《やみ》をない交《ま》ぜにしたものがある。おまえの演奏からは、その叫《さけ》びが聞こえるんだ。もっと広がり、伸《の》びていきたいと言っている。それがおまえの力になる」

運転手はハーモニカを指さした。彼《かれ》の言うことは真実だ、とぼくにはわかっていた。ここ何週間も心のなかで思っていたことを、彼《かれ》は言葉にしてくれた。音楽が入口になるという声が、頭にずっと響《ひび》いていた。音楽はぼくのなかで震《ふる》えている、ぼくのなかにほとばしるものを、ひたすら形にしようとしていると。音楽はぼくを自由にしてくれると。

そのとき、最後の軍楽隊が舞台《ぶたい》にあがった。それはスコットランドの軍楽隊だった。照明がいっせいに消え、スポットライトひとつだけになった。まっすぐ下を照らす光の柱のなかで、キルトを着た若い男がバグパイプを吹《ふ》き始めた。

ところが六千の聴衆《ちょうしゅう》が喝采《かっさい》をするなか、まるで魔法《まほう》のように、若い男は姿を変えた。

演奏しているのはぼくだった。

旋律《せんりつ》と熱狂《ねっきょう》のただなかにぼくがいる。スポットライトの下で、演奏している。

ぼくは聴衆《ちょうしゅう》を眺《なが》めた。みんなそこにいて、ぼくに拍手《はくしゅ》を送っている。ミミとジョージがいる。ナイジェルやイヴァン、ピートもいる。もうひとりのジョンやバローズ先生まで。黄色のドレスを着て、まばゆいばかりのジュリアがいる。父さんまで、ぴゅうっと指笛を鳴らしてる。みんなぼくの演奏を見ている。ぼくの音楽が好きなんだ。ぼくをわかってくれたんだ。

みんなぼくが好きなんだ。みんな、やっとぼくを愛してくれた。

でもこれは、始まりにすぎない。

スポットライトが消え、人々《ひとびと》は歓声《かんせい》に沸《わ》き立った。ぼくは運転手の男をふり返り、小声で言った。

「どうもありがとう、ミスター……ええと、お名前は?」

「ミスター・カイトだ。きみは?」

「ジョンといいます」

ぼくはもう一度ハーモニカを撫《な》でた。なんだか指の下で、息づいているみたいだった。鏡のむこう側に通じる扉《とびら》が、今ひらいた。もう誰《だれ》にも閉ざすことはできない。

扉《とびら》をくぐり抜《ぬ》けるための合言葉みたいに、夜風のなかで繰《く》り返した。

「ジョンといいます」

ジョン・レノンと。


それから?

ジョンは間違《まちが》っていなかった。子供時代は過ぎ去った。

そしてジュリアは約束を守った。

彼女《かのじょ》はジョンにバンジョーを教え、初めてのギターを買ってくれた。

ジョンは最初のグループを組み、それから十六歳《さい》で、分身ともいえる少年と出会った。もうひとりの天才ミュージシャン、ポール・マッカートニーと。

のちにリヴァプール育ちの二人の仲間ジョージ・ハリスンとリンゴ・スターを加え、ビートルズが結成される。


一九五八年、ジュリアはミミの家を出て、ジョンが待つ自宅へ帰ろうとしたとき、車に撥《は》ねられた。息を引き取る前、彼女《かのじょ》は姉にひと言こう言い残した。「心配しないで」と。

ジョンは母の死から完全に立ちなおることが、最後までできなかった。母親を失ったことは、彼《かれ》の生涯《しょうがい》に大きく影響《えいきょう》するだろう。彼《かれ》は母に捧《ささ》げた歌を何曲も作り、最初の息子《むすこ》をジュリアンと名づけた。


ビートルズは世界最高のロックバンドとなった。たった八年間の活動期間で、世界の音楽に革命を起こし、二百以上の楽曲を作った。

そのうち一曲のタイトルは『アイ・アム・ザ・ウォルラス』。《ぼくはセイウチ》という意味だ。ビートルズはこれまで、全世界で二十億枚以上のレコード、ＣＤを売上げている。

リヴァプールの飛行場は、のちにジョン・レノン空港と命名された。

四十歳《さい》で悲劇的な死を迎《むか》えるまで、ジョンは一週間とミミと話をせずに過ごすことはなかった。ミミが亡《な》くなったのはずっとあと、八十五歳《さい》のときだった。彼女《かのじょ》が鏡をくぐり抜《ぬ》けようとしたとき、最後に残した言葉はこうだった。

「ハロー、ジョン……」

そこでセイウチが言うことには、
「今こそすべてを話し合うときだ。
靴《くつ》やら、船やら、封蝋《ふうろう》やら、
王様、それにキャベツのことを。

豚《ぶた》に翼《つばさ》があるかとか、どうして海が煮《に》え立つかも」
ルイス・キャロル『鏡の国のアリス』

子供たち、ぼくがしたことするんじゃない。
歩くこともできないのに、ぼくは走ろうとした。
だからきみたちに言わなければ、さよなら、さよならと。
ジョン・レノン『マザー』

作者あとがき

この作品に描《えが》かれている出来事や人物のほとんどは、事実にきちんと即《そく》している。

けれどもここでは、すべてが作り事だ。

なぜって、わたしがその場にいたわけではないから。それにわたしは年代や事件に、ところどころ手を加えたから。あれこれ想像をめぐらせて、脚色《きゃくしょく》した部分もあるから。

だからきみたちが読んだ本はドキュメンタリーでもなければ、二十世紀の天才ミュージシャンの十歳《さい》を再現する正確な研究書でもない。

これは物語であり、お話だ。

夢見られた伝記だ。

ここではストロベリーフィールズと同じように、現実のものはなにもない。けれどもすべてが真実だ。

この体験をさらに先まで続けたいと思うなら、三つの楽曲を聞くといい。ビートルズの『イン・マイ・ライフ』と『ジュリア』、ジョン・レノンの『マザー』を。

その気があれば、リヴァプールが生んだ四人組の録音をすべて聞きなおすにこしたことはない。きみたちはそこに、無限の驚異《きょうい》を見出すだろう。そのうちいくつかの断片は、本書のあちこちに隠《かく》されている……

彼《かれ》らの音楽に身も心も浸《ひた》りきることが、害になるはずがない。

わたしにとってそれは、つねに最高の喜びだった。

EB

『ジョン』のオリジナル・プレイリスト

この作品にはとりわけ、次の楽曲が引用されている。

『マザー』ジョン・レノン

『ワーキングクラス・ヒーロー』ジョン・レノン

『ユーヴ・ゴッタ・シー・ママ・エヴリ・ナイト』ケイ・スター

『ペニー・レイン』ザ・ビートルズ

『オール・マイ・ラブ』パティ・ペイジ

『ぼくはセイウチ』ザ・ビートルズ

『ストロベリーフィールズ・フォーエヴァー』ザ・ビートルズ

『ジュリア』ザ・ビートルズ

作者について

エマニュエル・ブルディエはビートルズ解散の二年後に生まれた。だからビートルズと直接関《かか》わることはなかったけれど、彼《かれ》の人生にはつねにこのバンドがあった。小学一年生のとき、目覚ましがわりにしていたのは『ラヴ・ミー・ドゥ』だった。学生アルバイトで最初にかせいだお金は、ビートルズのCDをすべてそろえるのに使った。彼《かれ》の息子《むすこ》は生まれる前から、毎日お腹《なか》のなかで『ブラック・バード』を聞いて育った。彼《かれ》の生徒たちは、毎年『ハロー・グッドバイ』を歌う。彼《かれ》が担当しているラジオ番組（www.onzerocks.net）では、三十年間でもっとも数多く流れたのがビートルズの曲だ。彼《かれ》の代表作である小説の中心的な登場人物の名はポールといい、中学校を舞台《ぶたい》にしたシリーズ（『中学校物語《コレージュ・ストーリー》』）では、主人公の弟の名がジョージである。彼《かれ》はこれまで書いた作品のなかで、いく度となくこの四人組に触《ふ》れている。どんな作品があるかって？　知りたければここにアクセスして欲しい。www.emmanuelbourdier.com

訳者あとがき

一九八〇年十二月八日、ジョン・レノンがニューヨークの自宅アパート、ダコタ・ハウス前で暴漢の凶弾《きょうだん》に倒《たお》れてから四十三年になる。もし生きていれば今年で八十三歳《さい》のジョンが、その四十三年間にどんな歌をわれわれに送り出しただろうと想像する人は、きっと少なくないはずだ。あるいは愛と平和、ラヴ・アンド・ピースを訴《うった》え続けた彼《かれ》が、再び世界に戦火が広がり出した現代の国際情勢を見たら、いったいどんなメッセージを発しただろうかと。

それはどこまで行ってもありえない想像だけれど、十歳《さい》のジョン・レノンはたしかにこの世に存在した。リヴァプールの町に暮らし、日々《ひび》なにかを考え、なにかを感じていた。この本で作者のエマニュエル・ブルディエが試みたのは、そんなジョン少年の姿を想像し、描《えが》き出すことだった。

もちろん作者自身が言っているように、すべてが事実に即《そく》しているわけではない。たとえば幼いジョンが暮らした家は、ペニー・レイン通りにあったのではない。それでも作者は、ビートルズの歌で有名なこの通りにジョンがたたずむ場面を、ぜひとも書きたかったのだろう。親の愛情に飢《う》えたジョンの悲痛な心情のうしろに名曲のメロディーが重なり合う、巧《たく》みな演出だ。

とはいえ本書を手にした若い読者にとって、ビートルズという名前はあまり馴染《なじ》みがないかもしれない。なにしろ、半世紀以上も前のバンドだから。ジョン・レノン？ 名前は聞いたことあるけど。ビートルズ？ そういや父さんがよく話してたな、なんて。でもみんなそれぞれ、好きな音楽グループやアーティストはあると思う。現在活躍《かつやく》しているそうしたポップスのミュージシャンで、ビートルズの影響《えいきょう》をまったく受けていないと言いきれる人は、おそらくひとりもいないだろう（もしいたら、それはそれですごいことだけれど）。ビートルズの遺伝子は、今も脈々《みゃくみゃく》と受け継《つ》がれている。本書を読んだあとには、ビートルズやジョン・レノンの楽曲を聴《き》いてみて欲しい。きっと彼《かれ》らの音楽が、身近に感じられてくるはずだ。

本書の翻訳《ほんやく》にあたっては、作者のエマニュエル・ブルディエさんに疑問点を丁寧《ていねい》に教えていただきました。心より感謝します。

二〇二三年十二月　　平岡敦

著者
エマニュエル・ブルディエ
Emmanuel Bourdier

1972年、フランス、ドルー生まれ。5歳のときにビートルズを聴いて音楽の魅力に目覚める。これまで20作以上の児童小説、ヤングアダルト小説を発表し、数々の賞を受賞。また6歳で初舞台を踏んで以来、現在にいたるまで、アマチュア劇団の俳優としても活躍するほか、ラジオのロック番組パーソナリティや教師など多彩な顔を持っている。

訳者
平岡 敦
ひらおか あつし

1955年、千葉市生まれ。早稲田大学文学部卒業、中央大学大学院修了。フランス文学翻訳家。『オペラ座の怪人』(光文社)で日仏翻訳文学賞を、『天国でまた会おう』(早川書房)で日本翻訳家協会翻訳特別賞を受賞。そのほかの訳書に『3つ数えて走りだせ』(あすなろ書房)、『この世でいちばんすばらしい馬』(徳間書店)などがある。

ジョン

2024年2月25日　初版発行

著者　エマニュエル・ブルディエ
訳者　平岡 敦
発行者　山浦真一
発行所　あすなろ書房
〒162-0041 東京都新宿区早稲田鶴巻町551-4
電話 03-3203-3350(代表)
印刷所　佐久印刷所
製本所　ナショナル製本

ISBN978-4-7515-3180-8 NDC953 Printed in Japan